U0025647
2
八男？
別鬧了！
Y.A
Kadokawa Fantastic Novels

布蘭塔克
阿姆斯壯
威德林
通稱：威爾

艾莉絲
伊娜
露易絲
艾爾文
通稱：艾爾
埃里希

「魔導機動甲冑」！
著裝！
接著包含臉部在內，阿姆斯壯導師全身都被
漆黑的全罩式甲冑包覆。
原本拿在手上的魔杖也變成一支巨大的鐵鎚，
看不見原本的鮮紅魔晶石。

八男？別鬧了！

2

Y.A

Kadokawa Fantastic Novels

彩頁、內文插圖／藤ちょこ

CONTENTS

八男？別鬧了！②

第一話	少女的神祕打工	008
第二話	謁見陛下	013
第三話	鮑麥斯特準男爵	023
第四話	與埃里希哥哥的重逢	033
第五話	埃里希哥哥的婚事	052
第六話	赫爾穆特王國的貴族狀況	075
第七話	王宮首席魔導師克林姆・克里斯多夫・馮・阿姆斯壯	086
第八話	短暫的休假	097
第九話	強制從軍命令與討伐老屬性龍	109
中場一	鮑麥斯特準男爵家諸侯軍組成的經緯	131
第十話	婚約者	150
中場二	婚約人選的內幕	175
中場三	討伐完龍後的鮑麥斯特騎士爵領地	191
第十一話	婚約者的外號是聖女	203
第十二話	與聖女的初次約會	225
中場四	聖女大人的狀況	238
第十三話	王都留學	247
第十四話	桃色河馬小姐	253
第十五話	師傅增加了	270
卷末附錄		282
卷末附錄的附錄		297

第一話　少女的神祕打工

那是發生在我搭上魔導飛行船，吃完第一天的晚餐在房間裡發呆時的事情。

「威爾。」

「什麼事？露易絲。」

「給你，這是之前跟你借的錢。」

說完後，露易絲將一個比外表看起來還要沉重的小皮袋交給我。

……會覺得重是正常的，畢竟裡面裝滿了銀幣。兩百……不對，應該有三百枚吧。

這麼說來，我之前的確曾因為露易絲他們付不出搭乘魔導飛行船的費用（一萬分），而先替他們墊了錢。

雖然他們有提到之後會還……但坦白講，這速度也未免太驚人了。

「還真快呢。」

「因為我找到不錯的打工。」

「那個打工我也能做嗎？」

「我想應該不行。那算是因為我會魔鬥流，所以才能夠成立的打工吧？」

「妳到底用了什麼手法……」

「我可以告訴你商業機密，但你要保密喔。」

露易絲開始說明如何在上船後，只花半天就賺到三百枚銀幣的方法。

魔導飛行船的票最便宜也要一枚金幣，一般平民根本無力負擔，因此客群自然是以貴族與其隨從，或是巨商為主。

然後露易絲在聚集了許多人的休息室，舉辦了某種比賽。

『只要有人比腕力能贏過我，我就給他一萬分。報名費是一千分。』

突然有個可愛的女孩子說出這種大膽的話。

當然會吸引許多人的注目。

「貴族大人們應該不會接受這種比賽吧。」

「我的目標是那些貴族的隨從。」

只要能在腕力比賽中贏過外表看起來只有十歲左右的露易絲，就能獲得一枚金幣。

貴族僱用的護衛，大多都對自己的實力很有自信。

於是他們全都開始向露易絲挑戰比腕力。

「那真是太令人同情了。」

露易絲平常的力氣，和同齡的少女沒什麼差別。

不過在魔鬥流方面，她可是實力甚至凌駕擔任師傅的父親與兄弟們的專家。

因此，在一名身高超過兩公尺的肌肉男竟在短短幾秒內就輸給露易絲後，那些挑戰者們似乎全都付了報名費。

到了後半場，氣氛似乎已經演變成「至少要有人贏過她一次」。

露易絲連勝的次數就是多到這種程度。

「看來妳賺了不少。」

「嗯，這樣就能在王都購物了。」

停留在王都的這段期間，不需要擔心住宿費和餐費。因為埃里希哥哥會讓我們住在他家。

不過玩樂和買土產的錢，還是得自己出才行。

看來這次的打工，解決了所有這方面的煩惱。

「之後不會有人抱怨嗎？」

「應該沒問題吧。畢竟那樣只會讓自己更沒面子。」

「說得也是。」

由於露易絲每一場都是堂堂正正地贏得勝利，而且要一個大男人主張自己比腕力輸給小女孩也太難為情了。

於是露易絲就在沒引發什麼問題的情況下，賺到了約五萬分的錢。

「而且為了避免這方面的麻煩，我最後有輸一次。」

在那些挑戰者中，似乎只有一個貴族的護衛，曾經是實力堅強的冒險者。

因此露易絲假裝與他陷入苦戰，在最後故意輸了一場。

「居然做出這種過分的事情。」

理所當然地，挑戰者和觀眾們的視線和注意力，全都被轉移到第一個贏過露易絲並獲得金幣的男性身上。她也趁機裝出「收攤」的樣子，巧妙地逃離了現場。

「這樣妳就連艾爾和伊娜的份也一起還清了。」

「哈哈哈。在艾爾把錢還清之前，我打算徹底使喚他，讓他在我購物時幫忙提行李。除此之外……總之如果不早點還錢，他的日子就難過了。」

「聽起來真恐怖……那伊娜呢？」

「伊娜個性認真，本來就不喜歡欠別人的錢太久，所以不用擔心。」

因為伊娜是她的青梅竹馬，所以露易絲並未特別催促對方還錢。

考慮到兩人的關係，伊娜應該也會確實還錢。

「妳真是個恐怖的女人。」

「沒錯，我是個蛇蠍美人。」

雖然露易絲邊說邊賣弄風情，但可惜完全感覺不到效果。

「真遺憾，妳還有待成長。」

「別說這種話啦！」

對現在的露易絲而言，蛇蠍美人這個形容詞還太言過其實。

唯一能夠確定的事情，就是她的性格不容小看吧。

「我和威爾同齡，又都是冒險者預備校的學生。雖然我這個陪臣之女只能算是半個貴族，但還是盡可能不想欠別人人情……」

即使會厚臉皮地依賴別人，但仍有身為一介貴族的自尊。

看來這方面的平衡非常難拿捏。

「所以還是稍微付點利息好了。」

「不需要。」

「像這種時候，你就坦率地收下啦。」

說完後，露易絲快速移動到我身邊，輕輕在臉頰上吻了一下。

不愧是魔鬥流的高手。

我完全無法抵抗，只能任憑她擺布。

「因為很難為情，所以沒辦法親嘴。」

或許是仍感到害羞，露易絲紅著臉說完後，就直接走出房間。

「明明還只是個孩子，她真的有辦法成長為蛇蠍美人嗎？」

儘管腦中想著不能被那種孩子迷惑，但其實我的內心正不斷小鹿亂撞。

被可愛的女孩子親了，真幸運。

第二話 謁見陛下

「話說回來，小子你還真行呢。我第一次謁見陛下，是在和布蘭塔克一起打倒老火龍的時候，那時我已經快四十歲了。」

為了出席家人中和我感情最好的埃里希哥哥的婚禮，我趁冒險者預備校放暑假時搭乘魔導飛行船前往王都，但途中碰上了一場意外。

包括我以及想遊覽王都與我同行的艾爾等人，還有以監護人名義隨行的布蘭塔克先生，我們一行人所搭乘的飛行船，在路上遭遇了一隻壽命已盡變為不死族、只剩下骨頭和魔石的古代龍。

雖說只剩下骨頭，但出乎意料的古代龍現身，加上那隻古代龍即使早已一命嗚呼卻仍化為不死族的事實，還是開始讓船內的氣氛變得沉重。

那隻只剩下骨頭的巨龍，真的是古代龍嗎？

話說回來，古代龍有可能變成不死族嗎？

再來就是，龍會離開原本的地盤，出現在人類活動的領域嗎？

畢竟對方可是活了好幾萬年的古代龍。

雖然因為這幾年幾乎沒有目擊者，而差點被當成幻想中的魔物，但研究這塊領域的學者們似乎都非常確信古代龍的存在。

據說古代龍之所以很少被人看見，是因為牠們已經是接近精靈、比布蘭塔克先生他們打倒過的屬性龍還要高等的種族。

再加上牠們深居內地，所以人類才找不到牠們。

『明明存在本身已經接近精靈，個性還那麼凶暴，又會變成不死族啊。』

『我才沒空去管敵人的這些瑣事。』

儘管心存許多疑問，但由於飛行船似乎無法徹底甩掉那隻古代龍，因此我便和布蘭塔克先生聯手，成功超渡了牠。

雖說是超渡，結果其實和擊倒或討伐差不多，不過既然是用聖之魔法淨化讓牠停止活動，那按照那些教會人士的說法，這樣應該算是超渡吧。

耗費我大量魔力的聖之魔法，讓變成不死族的古代龍停止活動，最後只剩下骨頭和巨大的魔石。

雖然這和老虎死後留下高級的毛皮很像，但不同的地方是，這些東西的價格高得嚇人。

從龍的身體取得的素材，即使是來自小型種的翼龍，也能賣到相當的價錢。

一旦等級提升到屬性種——也就是布蘭塔克先生以前曾打倒過的大型龍——據說更是貴重到全身完全沒有不能用的地方。

血、肉、皮、骨以及其他魔物根本無法比擬的巨大魔石。

光是屬性龍的素材，就已經被視為五十年難得一見的商品，在市場上更是價格不斐。

我在前來迎接的馬車上，聽艾戴里歐先生說明。

因為在魔導飛行船專用的港口遇見前來迎接的騎士，所以我並沒有按照預定計畫，和大家一起搭乘開往埃里希哥哥家附近的公共馬車，而是和艾戴里歐先生一起坐上騎士們準備的馬車。

此外，布蘭塔克先生因為有事，所以早一步離開了港口，雖然對不起艾爾他們，但必須負責向埃里希哥哥說明的他們，就這樣和騎士們帶來的士兵，一起被留在港口。

反正大家最後都會住在埃里希哥哥家，所以遲早能夠會合。

「畢竟這次打倒的，是過去沒有任何記錄記載的古代龍啊。」

按照與我同行的艾戴里歐先生的說法，儘管古代龍的存在廣為人知，但因為牠們平常都生活在魔物棲息地的深處，所以在目前的這個世代中，還沒有人實際見過牠們的身影。

更何況古代龍的壽命有好幾萬年，因此過去應該從來沒有人遇過老死後變成不死族的古代龍吧。

「那麼，為什麼有辦法確認那隻骸骨龍是古代龍呢？」

「是根據那副骨骼和魔石的大小。」

那隻骸骨龍的體長，隨便都超過五十公尺。而屬於小型龍的翼龍體長，成年後也不過約五公尺，就算是屬於大型龍的屬性種，最大也只有約三十公尺。

因此除了古代龍以外，根本無法解釋那隻骸骨龍的狀況。

「陛下平常應該很忙吧，像我這種小人物，可以不經預約就突然謁見他嗎？」

「用小人物稱呼自己也太過謙卑了吧？」

「你對一個弱小貴族的八男有什麼期待？」

「我是覺得和期不期待沒什麼關係。」

我對國王的想法，大概就只有這種程度。

偷偷在這裡講，其實我連對方的名字都不曉得。

出身南方偏遠地區的我，和國王根本沒有交集，所以對接下來的謁見完全沒有現實感。

坦白講，我只覺得國王是離我過於遙遠的雲端上的人物。

因為見面後感覺會很緊張，所以我甚至希望一輩子都別見到他。

在領主換人時，無論再怎麼低階的貴族，都必須到王都讓陛下親自舉行敘勛儀式。

因此父親在繼承爵位時，應該至少有見過陛下一次面。雖然我從來沒聽父親提過這件事。

下級貴族數量眾多，想必陛下對父親應該也沒什麼印象吧。

像父親那種住在邊境的弱小貴族很少有機會去王都，身為一國之君的陛下平常也十分忙碌，因此就算真的有貴族來王都，應該也無法輕易謁見陛下。

「不過讓忙碌的陛下見我這種小人物，真的沒問題嗎？」

我內心是在期待能聽見「因為陛下很忙，所以果然還是不用見了」的回答。

前世光是和總經理見面，就讓我夠緊張了，因此我實在不想和一定會讓我更緊張的國王見面。

雖然我知道討伐古代龍是件大事，事前也有隱約預料到這種狀況，但我還是盡量不想去思考這種事。

「如果是我們主動申請謁見陛下，將會花上不少時間。就算是我，至少也得等上一星期。」

連艾戴里歐先生這種等級的宮廷商人，都要花一個星期才能謁見陛下，我這麼快就謁見陛下真的妥當嗎？

我的心裡變得愈來愈不安。

「不用擔心。因為這次的謁見，是出於陛下本人的希望。」

身穿華麗鎧甲陪在我們身邊的騎士，開始說明這次謁見的緣由。

「威德林大人打倒了傳說級的古代龍，並進一步保護了魔導飛行船這個貴重的國家資產，以及船上乘客的性命。畢竟那艘船上的乘客，大多是地位崇高的貴族和商人。而且您最後還成功取得了那隻古代龍的骨頭和巨大的魔石。陛下似乎有事想拜託威德林大人。」

「那還真是光榮。」

我倒是希望能和地位低一點的人見面就好……

看來是因為陛下找我有事，所以我才能馬上謁見他。

這位替我們說明狀況、打扮非常講究的騎士，似乎處於和陛下非常親近的地位。

「所以才由擔任近衛騎士團中隊長的瓦倫大人親自來迎接啊。」

原來這位騎士是個大人物，難怪會有這樣的打扮和無可挑剔的舉止。

「瓦倫大人的出身和小子你差不多。他能爬上現在的地位，完全是靠自己的實力。」

這位身高超過一百八十公分，金髮、藍眼又俊美的模範騎士，似乎是某個下級名譽貴族的三男。

或許是因為這世界的長男和其他子女間的地位相差太大，光聽見對方是三男，不知為何就湧出一股親切感。

「艾戴里歐先生，你還真是清楚呢。」

「是啊。畢竟瓦倫大人算是布蘭塔克的弟子。」

「是這樣嗎？」

原來不只我的師傅，就連在近衛騎士團內也有弟子。

看來布蘭塔克先生的人面似乎比我想像的還要廣。

「因為我雖然擁有魔力，但無法使用魔法。」

我發現這位瓦倫先生擁有比一般人還要多的魔力。

不過這種程度的魔力，頂多只能發出三～四發的火炎球，而且之後還得花一天恢復魔力。

儘管在戰鬥時能當成一種輔助用的攻擊手段，但換句話說，就是這樣的魔力無法造成決定性的打擊。

順帶一提，我是在經過布蘭塔克先生的指導後，才變得有辦法像這樣探測對手的魔力。

「瓦倫大人無法使用魔法嗎？」

正確來說，是無法將利用魔力具體實現的現象施放到外界。

「相對地，我擁有利用魔力強化自己的身體和武器戰鬥的魔法騎士的才能。拜此之賜，我才能擔任近衛騎士團的中隊長。」

能利用魔力強化身體戰鬥的人，和無魔力者間的實力差距極為懸殊。

「我從布蘭塔克大人那裡學到了控制魔力和節約魔力用量的方法，真的是受到他非常多的照顧。」

原來如此，難怪他沒對我們擺出大貴族或其子弟常有的傲慢態度。

既然連跟我這種小孩子說話都這麼有禮貌，又是近衛騎士團的中隊長，想必十分受女性歡迎吧。

不對，就算對方是個帥哥，我也不該用這種眼光看待認真工作的人。還是先把他當成是一個深受陛下信賴的人好了。

「另外，在我的年紀比威德林大人稍長時，也曾經和艾弗烈大人見過一次面。」

布蘭塔克先生向瓦倫先生介紹師傅時，似乎還笑著說了「雖然這傢伙姑且算是我的弟子，但實力已經完全超越我了」之類的話。

「第一次見到艾弗烈大人時，我就感覺到某種從他溫和的外表完全無法想像的東西。我當時心想，原來這就是超一流的魔法師。」

沒錯，雖然師傅外表看起來只是個身材修長的普通帥哥，但他其實是個超一流的魔法師。

根本就是「人不可貌相」的典型範例。

「我在威德林大人身上也有感覺到相同的東西。明明您的外表就還只是個對世界充滿興趣、仍在成長中的少年。」

「那是當然。畢竟如果只看魔力量和魔法的最高出力，這小子甚至已經超越艾弗烈了。」

這應該是從布蘭塔克先生那裡聽來的。

看來艾戴里歐先生似乎對我目前的實力有一定的了解。

「原來如此，難怪陛下會想直接見他。」

馬車離開港口進入王都市區後，便依序經過舊街區、商業區、工業區與貴族住宅區。

不愧是一國的首都，無論規模還是居民數量都遠勝布雷希柏格。

「差不多快到王城了。」

在車上晃了約一小時後，我們搭的馬車總算抵達王城。

「好大……這應該有布雷希洛德藩侯家的十倍以上吧。至於我老家的房子……根本就沒得比嘛……」

就在我仰望王城時，我們抵達了正面大門。

瓦倫先生與守衛交代個幾句後，對方連我的身分都沒確認就直接放行了。

一進入城內，就能看見在騎士的指揮下進行戒備和巡邏的士兵、拿著裝了衣物的籃子或放了茶具的托盤四處走動的女僕，以及在走廊聊天或拿著文件移動的貴族們。

這裡到處都充滿活力。

不過，大家不知為何都在偷瞄我們……

「因為討伐古代龍的事情，已經在王都內廣為流傳。而完成這項偉業的兩人中的其中一人，就是年僅十二歲的威德林大人。」

傳聞中的人物實際現身，也難怪大家會興味盎然地觀察。

上野動物園的熊貓就是這種感覺吧。

瓦倫先生帶頭在城內走了一段路後，我們終於抵達目的地——謁見廳豪華的大門前面。

這扇門的後面似乎就是謁見廳。

「陛下是位個性直爽的人，只要遵守最低限度的禮儀就不會有問題。」

「雖然布蘭塔克有拜託我照顧你，但如果是你，應該不需要擔心吧。」

就在艾戴里歐先生說完這句話後，眼前的豪華大門開啟，門後的地板鋪著紅色地毯，在比周圍高出一段的王座上坐了一位男子。

男子的左右兩側有十幾名護衛的騎士，以及幾名地位看起來很高的貴族。

「討伐古代龍的威德林・馮・班諾・鮑麥斯特大人，以及布蘭塔克・林斯塔大人的代理人，艾戴里歐・瑪宣大人駕到！」

像是曾在電影裡看過的場景般，某人高聲喊出謁見者的姓名，在瓦倫先生的帶領下，我們走到距離王座約三公尺的位置。

接著瓦倫先生便留下我和艾戴里歐先生，走向在一旁排成一列的騎士們。

雖然我因為緊張而忘了不曉得該做什麼，但幸好我立刻模仿艾戴里歐先生低頭下跪，才沒釀成大禍。

「突然把兩位叫來，真是辛苦你們了。可以把頭抬起來了。」

按照陛下的吩咐抬起頭後，我看見一名外表約四十歲上下、長相高貴的俊美中年男子正露出笑容。

雖然這好像是慣例，但所謂的王族果然大多是俊男美女。

陛下年輕時應該非常受女性歡迎吧。

感覺我好像因為自己不受歡迎，所以一直在講這種話。

總而言之，帥哥都是我的敵人。

不過埃里希哥哥是例外。

「朕就是赫爾穆特王國國王，赫爾穆特三十七世。」

「在下是威德林．馮．班諾．鮑麥斯特。」

「嗯。仔細一看，你真的很年輕呢。今年幾歲了？」

「是的，在下今年十二歲。」

就這樣，我開始謁見陛下。

第三話　鮑麥斯特準男爵

一抵達王都，就突然謁見這個國家的國王啊。

坦白講，我根本不曉得該如何應對。

雖然我姑且算是貴族子弟，但生長的環境當然沒機會接受這方面的教育。

和王都的王族或大貴族相比，我的老家就和平民沒什麼兩樣。

「你真的很年輕呢。雖然魔法的才能與年齡無關……」

稍微寒暄了一下後，我開始向陛下說明打倒古代龍時的狀況。

我將守護魔導飛行船不受古代龍吐息侵害的工作交給布蘭塔克先生，自己利用「飛翔」接近古代龍，並一面以「魔法障壁」防禦古代龍的吐息，一面用「聖光」的魔法讓古代龍成佛，我盡可能詳細地說明這一連串的經過。

「同時施展『飛翔』、『魔法障壁』和『聖光』三種魔法啊。原來如此，看來你擁有了不起的才能。」

「陛下所言甚是。」

此時，有個人開口贊同陛下的說法。

那是一位穿著裝飾華麗的祭司服，年約七十歲的男子。

大概是和教會有關係的人物吧。

而且既然是能夠進出王城的身分，那他在教會總部的地位應該也很高。

「霍恩海姆樞機主教也這麼想嗎？」

「是的。而且能施展那種程度的『聖光』的魔法師，可說是非常稀少。」

據說就算沒有魔法的才能，只要在教會以聖職者的身分修行，要讓自己擁有的微弱魔力具備聖屬性並不困難。

惡靈無法靠近魔力帶有聖屬性的聖職者，而只要使用被賦予神聖之力的魔法道具，就能驅除他們。

然而，通常只有魔法師能夠施展戰術或戰略等級的聖魔法。因此能使用大規模聖魔法的聖職者，或許真的相當稀少也不一定。

「我建議威德林大人，之後應該到聖教會接受正規洗禮。」

「正規洗禮嗎？」

「威德林大人還年輕，又是南部出身。所以不知道也是正常的。」

總而言之，就是說我是個土包子就對了。

「所謂的正規洗禮，就是和剛出生時在故鄉教會進行的洗禮不同，只有少數信徒能在王都的教會總部接受的洗禮。即使本人希望，也必須先獲得教會的許可。所以通常只有王族、貴族和大商人等大人物符合條件。」

「那是件非常榮譽的事情。」

簡單來講，就是應該叫「專為上流人士設計的洗禮」比較正確吧？

亦即用錢來買名譽和聲望。

「（艾戴里歐先生，做這個的目的，是要拉攏我和討捐款嗎？）」

「（正確答案。不過，捐款的部分只能算是順便，所以不怎麼重要。）」

艾戴里歐小聲地向我說明，簡單來講就是各個教派間在搶信徒。

要是有知名人士或事業成功者參加自己的教派，就能獲得龐大的宣傳效果。

這個國家除了國教的正教徒派（Catholic）以外，還有主張回歸古典清貧教義的新教徒派（Protestantism）、提倡激進基本教義的懷古派，以及和各地的原始宗教結合後多達數十種的各類自然派，神明明只有一個，各教派間卻紛爭不斷，這在哪個世界都一樣。

宗教真是個麻煩的東西。

「（小子，只要接受過一次正規洗禮，其他教派就不會隨便來找你加入。所以有空就去一趟吧。）」

看來各教派間雖然感情不好，但還是會遵守不能互相搶奪信徒的潛規則。

「（我知道了。）我會趁待在王都的這段期間找機會拜訪。」

「看來威德林大人也是位虔誠的信徒。這真是太好了。」

因為我坦率地接受正規洗禮的邀約，霍恩海姆樞機主教露出滿面的笑容。

當然我根本不是什麼虔誠的信徒。

唉，雖然我想對方也沒期待到這種程度。

「那麼，朕也有事情想拜託你。」

「是的，請問是什麼事情呢？」

「希望你能將這次取得的古代龍骨和魔石賣給朕。」

原來如此，我總算理解艾戴里歐先生之前為何說不會有拍賣會了。並非因為這些素材過於貴重，而是他事先就看穿王家會將這些能當成戰略物資的素材納入掌中。

「其實只要有那顆魔石和骨頭，就能啟動一艘之前閒置的巨大魔導飛行船。」

「巨大的魔導飛行船？」

按照陛下的說法，除了目前正在運作的魔導飛行船以外，似乎還有幾艘即使已經從遺跡裡挖掘出來，依然因為沒有適當大小的魔晶石而無法啟動的船。

「在王都的郊外，有座在古代魔法文明時代建造的造船廠遺跡。」

在那座遺跡的船塢內，還有一艘比我們之前搭的魔導飛行船大上四倍、全長超過四百公尺的超巨大飛行船沉睡其中。

「雖然也不是不能透過連結小型魔晶石啟動，但因為這麼做的燃料效率極低，連結處又容易過熱，所以完全無法使用。明明這在古代魔法文明時代算是非常普及的技術……」

儘管現在也仍在研究，但似乎還沒有顯著的成果。

要替空的魔晶石補充魔力並不困難，只要使用許多小型魔石，或是準備幾名魔力量高的人類就辦得到。

不過，至今從未有人成功將許多小型魔晶石融合成大型魔晶石。

如果想取得大型魔晶石，就必須去遺跡內尋找，或像這次一樣從屬性龍等級的強力魔物身上取得巨大的魔石加工，而無論哪種方法的風險都極高。

「除此之外，因為是放在船塢內的船，所以許多零件和裝甲都被拆掉了。」

雖然構造本身並不複雜，製作起來也不需要高度的技術，但總之就是需要一定的強度，而最適合的材料就是古代龍的骨頭。

「只要替古代龍的骨頭進行加工，拿來填補不足的零件和裝甲，就能讓巨大魔導飛行船安全地運作。如何？你願意賣嗎？」

「是的，那是當然。我非常樂意提供給您。」

無論怎麼想，這都不是能拒絕的狀況。

要是在這裡拒絕，之後應該也賣不出去，而且若被國王盯上，也會給老家添麻煩。

儘管那個老家對我並不算特別好，但也沒虐待或迫害我。

只希望我們彼此都別惹出風波，讓我能夠順利獨立就好。

「這樣啊，那真是太好了。既然如此，就用一千五百枚白金幣買下骨頭和魔石吧。」

「陛下！再怎麼說，這價格也太高了！」

在陛下旁邊，一位看起來像是高官、上了年紀的貴族對收購價格提出異議。

看來他似乎是負責王國財務的人。

「民間的行情差不多就是這樣吧？吶，艾戴里歐。你是定期為王國批發必要物品的宮廷商人，所以應該知道朕的提案是正確的吧？」

陛下向我旁邊的艾戴里歐先生詢問魔石與骨頭的行情。

「是的，那種尺寸的魔石，價格應該不可能低於一千兩百枚白金幣。骨頭也一樣。龍骨算是珍貴的素材，偶爾甚至必須從遺跡的出土品拆下來重新利用。那麼大的一副龍骨，下次不曉得要幾千年後才能入手。所以我認為三百枚白金幣算是非常妥當的價格。」

「不過，這樣預算方面……」

「我聽說之前為了重新啟動那艘巨大飛行船，編列了兩千五百枚白金幣的預算。雖然我不知道全部需要多少經費，但就算扣掉一千五百枚的材料費，剩下的花費應該也不會超過一千枚白金幣。我想這樣的價格，應該還在預算的範圍內。」

即使財務負責人依然不肯放棄，陛下仍不打算改變心意。

「話雖如此，若不在這方面加以節約，恐怕會對因為預算不足而延誤的其他案件與業務，造成更深的影響。」

「我說盧克納財務卿啊。預算這種東西的確不是無限。如果能以較低的經費完成相同的事情，那當然是再好不過了。」

「那麼，陛下。」

「不過啊。要是在這種時候對有功者的獎勵小氣，只會讓其他人將來更不想對王國有所貢獻。如果這個人將魔石和骨頭拿去拍賣，艾戴里歐，你覺得結果會怎麼樣？」

陛下再度詢問艾戴里歐先生。

「是的，魔石與骨頭的標準行情價是一千五百枚白金幣。不過如果舉行拍賣，應該會有許多人不惜勉強自己也要競標這些商品。雖然我本人不會出手，但其他大人物應該能輕易競標到兩千五百枚白金幣吧。然後，他們應該會一面主張自己多麼辛苦才取得這些商品，一面向王國收取高額的手續費。」

通常商人在受託競標商品時，都會針對成交金額收取百分之五到百分之十的手續費。

因此一旦再加上手續費，就會輕易超過預算。

艾戴里歐先生向陛下說明，即使花費一千五百枚白金幣，王國這邊依然非常有利可圖。

「盧克納財務卿，假設只花一千五百枚白金幣就能湊齊所有材料。之後還需要再花多少錢，才能讓飛行船正式運作？」

「是的。剩下的作業是替材料進行加工、將魔晶石裝上引擎、替飛行船裝上其他零件與裝甲、運轉測試，以及最後的裝備工程，總共大約需要三百枚白金幣。」

不愧是全長四百公尺的超巨大飛行船。

光是聽見重新啟動所需的預算，就讓人暈頭轉向。

「那麼省下來的七百枚白金幣，就讓成功節約預算的盧克納財務卿，自由地分配到你想優先補助的項目吧。」

「遵命！」

盧克納財務卿一聽見這句話，便再也不提出反駁。

「那麼，事情就這樣決定了。」

財務大臣成功大幅削減了巨大魔導飛行船的重啟預算，並獲得了分配這些多餘預算的權利。

陛下的手段之漂亮，別說是其他朝臣了，就連我和艾戴里歐先生也無話可說。

「對了，購買素材的事情只是單純的交易。朕必須另外給予你獎賞和表彰才行。」

「獎賞和表彰嗎？」

「沒錯。因為你成功保護了花費八百枚白金幣才得以運作的魔導飛行船，免於受到古代龍吐息的威脅。雖然根據報告，布雷希洛德藩侯麾下的布蘭塔克也出了不少力，但如果沒有你的努力，那艘船遲早還是會被擊墜吧。」

陛下說的沒錯，雖然布蘭塔克先生的「魔法障壁」能夠抵擋古代龍的吐息，但不可能在防禦的同時，給予古代龍致命的一擊。

一旦布蘭塔克先生的魔力消耗到無法繼續張開「魔法障壁」，船就會被古代龍的吐息破壞。

「若古代龍在那之後接著繼續襲擊王都，一定會造成極大的損害。按照常理，應該要對你這個弑龍者，給予相對應的表彰才行。」

就在陛下說明的同時，一名文官拿著放了某樣物品的托盤從後面現身。

「基於討伐不死族化的古代龍，以及守護魔導飛行船的功績，在此賜予威德林・馮・班諾・鮑麥斯特雙龍勳章。」

謁見會場突然化為敘勛會場，陛下親手將刻了兩條相同的龍、由黃金和綠寶石製成的勳章別在我的左胸。

與此同時，周圍開始響起熱烈的掌聲。

看來這似乎是非常名譽的勳章。

由於我從前世開始就和表彰沒什麼緣分，因此從來沒調查過關於勳章的事情。與其花時間調查那種得不到的東西，不如拿來進行魔法的特訓。

我就是這種男人。

「接下來，朕，赫爾穆特王國國王赫爾穆特三十七世，授予汝，威德林・馮・班諾・鮑麥斯特第六位準男爵的爵位。那麼，鮑麥斯特卿。」

「？？？」

「（小子，快念敘勛時宣誓的臺詞啊。誓詞很短，所以你應該還記得吧？）」

就在我因為這突發的狀況整個人僵住時，一旁的艾戴里歐先生小聲地出言相助。

「吾之劍，將為了陛下、王國，以及人民揮舞。」

這麼說來，小時候母親的確曾教過我這方面的禮儀，於是我慌張地唸出回想起來的誓詞。

我從來沒想過自己會有要唸這些臺詞的時候——就算讓我揮劍，應該也不會有什麼大不了的成果——就連在宣誓的同時，我也在心裡想著這種無聊事。

「這麼一來，鮑麥斯特卿就是王國的臣子了。話雖如此，朕並不打算用官職束縛你。你就去參加哥哥的婚禮，遊覽一下王都，並自由地走上冒險者的道路吧。」

雖然我只是任由接連發生的意外狀況擺布，但最後總算是獲得了一大筆錢、勳章以及爵位。

然後不知為何，在我身旁露出苦笑的艾戴里歐先生，讓我留下了深刻的印象。

第四話　與埃里希哥哥的重逢

「簡單來講，就是我得到動章，變成了名譽貴族是吧。」

「唉，差不多就是如此。」

結束謁見陛下的行程後，我再度搭上馬車前往貴族居住的住宅區。

雖說是下級貴族，但埃里希哥哥入贅的騎士爵家，目前就座落在那區。

馬車緩緩在石板路上行駛，我在車上向艾戴里歐先生提出心裡的疑問。

「首先是那個雙龍動章……」

王國有許多種類的動章。

由於長年沒有發生戰爭，現在幾乎只剩下依序頒給高階貴族的儀式用動章，和過去頒給對組織營運有貢獻的幹部的武動相比，兩者間的差異可說是天差地遠。就像前世那些明明沒聽說過獲獎者有什麼貢獻，卻依然會頒給大政治家或官僚的高級動章一樣。

艾戴里歐在冒險者時代也有獲頒幾個，最近也有以商人身分拿到一些。

而他在冒險者時代取得的其中一個，就是和布蘭塔克先生一起打倒龍時獲得的動章。

「冒險者也能獲頒動章嗎？」

「只有少部分的人可以。」

所以艾戴里歐先生和布蘭塔克先生，都屬於那少部分的人。

「雖然那的確是件名譽的事情。不過貢獻國家、捐款和舉辦派對等，這些全都很花錢呢。」

「錢就是像這樣在世間流通的啊。」

「你說的沒錯。唉，雖然我只是因為長期來看會獲利，所以才願意投資。」

然後關鍵的雙龍勳章，是針對武勳頒發的獎勵，所以似乎已經有兩百年以上沒有人獲得這個勳章。

「上次是兩百三十七年前，還在和阿卡特神聖帝國戰爭的時候……」

儘管當時兩軍陷入互相對峙的膠著狀態，但阿卡特神聖帝國軍派遣約一萬人的部隊，迂迴到赫爾穆特王國軍的後方展開奇襲。

「發現到這點的王國軍名將比爾霍夫將軍，立刻率領五千人的部隊迎擊。在擊破敵人後，他還沿著奇襲部隊的行軍路線展開追擊，成功反過來對阿卡特神聖帝國軍發動奇襲。這還有記載在歷史教科書上呢。」

「我也有看過那本歷史書。」

在比爾霍夫將軍的反奇襲讓阿卡特神聖帝國軍造成混亂後，赫爾穆特王國軍也趁機發動攻擊，最後阿卡特神聖帝國的二十萬大軍當中，有十萬人戰死，約三萬人遭到俘虜。

「是個英雄故事。」

「那位英雄大人非常有名呢。」

這場敗仗，讓阿卡特神聖帝國軍的支配領域大幅後退。

在琳蓋亞大陸的中心部，有道被稱做「吉干特裂縫」的峽谷，那道深度超過一百公尺的峽谷將大陸分斷成南北兩塊，而兩軍目前就在那裡隔空對峙。

諷刺的是，拜「吉干特裂縫」所賜，兩國順利地迎接停戰。

因為卡了一道又寬又深的峽谷，所以靠近國境的貴族也不願意為了那一丁點的土地和用水權起爭執。

「大家都不喜歡戰爭呢。」

「畢竟不可能一直贏。而且人只要一死就結束了。」

就算跨越巨大的「吉干特裂縫」進攻其他國家，也無法獲得與付出的勞力相對應的成果。

結果喪失戰爭意義的兩國，便開始朝停戰的方向進行交涉。

這就是這兩百年來沒有戰爭的理由。

「你是繼比爾霍夫將軍之後，第一個獲頒雙龍徽章的人。」

「可是，艾戴里歐先生和布蘭塔克先生也有討伐過屬性龍吧？」

難道那項功績無法獲得雙龍勳章嗎？

「是這樣沒錯。不過那頭龍並沒有對王國造成危害。我們只是碰巧在探索新的魔物領域時發現龍，因為陷入戰鬥才將其討伐而已。所以我們獲得的是別種勳章。」

艾戴里歐先生嘴裡嚷嚷著「要是那頭屬性龍有襲擊城鎮，我們就能得到雙龍徽章了」。

「你又說這種危險的話……」

「實際上如果真的要邊讓居民逃跑邊戰鬥，我應該早就死了。畢竟在我們的隊伍裡，最強的就是布蘭塔克。」

「因為布蘭塔克先生是魔法師啊。」

「沒錯。另外，關於新的爵位……」

偶爾似乎會有像我這種沒有繼承權的貴族子弟，因被授予爵位而以其他家當家的身分獨立。

「威德林的狀況，單純只是因為立下功績而被封為貴族。」

按照艾戴里歐先生的說法，我的戶籍似乎將遷出老家鮑麥斯特家，成為另一個新的鮑麥斯特家的當家。

「分離獨立嗎？」

「大概就是那種感覺。儘管並未獲得領地，但因為得領年金，所以被會視為名譽貴族。以準男爵為例，一年能領取三十枚金幣。雖然沒被賦予職位而無法領官俸，但相對地也沒有義務逗留在王都，能夠照常在布雷希柏格念預備校。不僅幾乎沒必要撐門面，還不用支出無意義的經費。真的是既輕鬆又悠閒呢。」

再來是關於位階的話題，這部分可以分成第一位到第十位。

第一位只有陛下一個人，第二位是王妃殿下、兩位王子和兩位公主，第三位只有其他王族和公爵，第四位是侯爵與藩侯，第五位是伯爵、子爵和男爵，而有些男爵是被歸類在第六位。

準男爵是第六位，騎士爵是第七位。

順帶一提，第八位到第十位並沒有繼承權。這些主要是為了因立下功勞而獲得地位的平民出身者，以及男爵以上的貴族之子所設立的只限一代的位階。

因此如果這些人沒立下功績提升自己的位階，他們的孩子當然就會降為平民。

在獲得爵位前，我甚至連那種位階都沒有。

這與其說是制度的漏洞，不如說是刻意為之的結果。

準男爵以下的貴族的妻子和孩子，雖然因為屬於貴族籍而姑且算是貴族，但並沒有位階。

除了當然不能領年金之外，若他們無法繼承爵位，那在去世後就會失去貴族身分。

由於他們生的小孩也無法入貴族籍，因此下級貴族在各方面似乎都非常辛苦。

「那麼，這表示我的小孩能繼承我的貴族身分嗎？」

「雖然威德林的功績很偉大，但也不能因此就對你的孩子過於寬大。如果你的小孩資質平庸，應該就會一直維持準男爵的身分，被豢養到自然死亡吧。還真是令人羨慕的一生呢。」

簡單來講，如果我之後不繼續立下功績，就很難升到男爵以上的位階。

不知不覺間，艾戴里歐先生對我的稱呼從「小子」換成了「威德林」。

我原本以為艾戴里歐先生會因為我成了貴族而開始對我客氣，但他似乎看穿了我不希望別人這麼做。

又或者他只是將我當成布蘭塔克先生的弟子對待。

該說不愧是宮廷商人嗎，這種掌握距離的方式實在巧妙。

而且如果是在別人面前，他一定會稱呼我為「鮑麥斯特準男爵大人」。

「不過你現在是大人物了呢。」

「嗯。」

我的父親是第七位的騎士爵。

這次入贅的埃里希哥哥，幾年後也將從岳父那裡繼承第七位的騎士爵位。

換句話說，現在我的地位反而變得比較高了。

「在立場上也一樣。即使是威德林的父親和哥哥，由於同樣都是被陛下任命的貴族，要是他們在公開場合對你擺出父親或哥哥的架子，那可就大事不妙了。」

雖然不會輕易就因此受罰，不過在貴族的交際圈中，似乎會被當成「明明是貴族，卻還不懂貴族規則的笨蛋」，而被斷絕往來。

「父親那邊怎麼樣都無所謂，但埃里希哥哥……」

明明是和我最聊得來的哥哥，可是他卻必須將我當成地位較高的人對待。

這讓人感到有點寂寞。

「因為只需要在公開場合自律。所以平常應該沒什麼問題。」

就在我們聊這些話題的期間，馬車順利抵達埃里希哥哥住的房子。

「好像發生了許多大事呢。」

「嗯，真的是很不得了。」

我本來還在擔心隔了七年的重逢會是什麼樣的情況，但要是埃里希哥哥突然對我擺出恭敬的態度也很讓人困擾，所以我是覺得這樣還不錯。

不愧是鮑麥斯特家最理性，頭腦也最好的哥哥。

看來他非常清楚我目前置身的狀況。

「話說回來，我已經請威爾的朋友們先進房間休息了。」

「有勞埃里希哥哥的關照。」

「那麼，我就先告辭了。」

「謝謝你在百忙之中，還費心照顧我。」

「這沒什麼，人脈對商人來說也很重要。站在我的立場，能像這樣認識威德林，可是比什麼都要有賺頭的事情。」

儘管講話的語氣和布蘭塔克先生一樣有點粗魯，但艾戴里歐先生還是為了不讓我在陛下面前出糗而費了不少心力。

在和陛下說話時，他也能靈巧地瞬間切換語氣，難怪以他新進商人的身分，能在王都獲得成功，這讓我佩服不已。

「舍弟受您照顧了。」

「不愧是威德林大人的哥哥。看來跟您也能建立良好的關係。」

「我只是一介地位低下的貴族罷了。」

「這種事情十年以後會變怎樣，誰都不知道呢。」

在我順利見到了埃里希哥哥後，應是感到自己已完成任務，於是艾戴里歐先生說要返回自己的商會後，就再次搭上馬車。

馬車再度往商業區的方向前進。

「那麼，我來替你帶路吧。」

雖說同樣是貴族區，但上級貴族的宅第都聚集在離王城較近的地方，下級貴族的宅第則是集中在靠近富民區的地方。

由於這裡的隔間做得很好，因此我推測這裡應該不是埃里希哥哥自己的家，而是他入贅的布朗特家。

話雖如此，不愧是住在王都的名譽貴族的房子。

這裡的門大到和我老家完全不能比的程度。

實在難以想像兩者都是騎士爵家。

在埃里希哥哥的帶領下走進屋內後，我發現裡面已經有一位頭髮黑白相間、看起來上了年紀的男性，一位外表優雅的中年婦女，以及一位將和眼睛同樣是褐色的頭髮留到肩膀、看起來略帶沉著氣質的美少女在等著我們。

「我來為你介紹我入贅的布朗特家的家人們。」

上了年紀的男性，是目前擔任當家的盧德格爾．威廉．馮．布朗特，今年六十二歲。

中年女性是盧德格爾的太太，瑪莉詠．威廉．馮．布朗特，今年四十九歲。

至於最後的美少女，則是盧德格爾的獨生女米莉安．威廉．馮．布朗特，她今年似乎將滿十九歲。

由於現任當家盧德格爾先生的前妻在生下子嗣前就因病過世，因此他和現任妻子生下的米莉安是他唯一的孩子。

就在盧德格爾先生因為獨生女進入適婚年齡，而開始考慮招贅的時候，埃里希哥哥剛好被分派為他的部下。

埃里希哥哥既英俊又優秀，外加又是騎士爵家出身，無論時機還是條件都是求之不得的人選，所以事情就這樣進展到讓埃里希哥哥繼承這個家。

「幸會，鮑麥斯特卿。」

「不好意思，姑且不論公開場合，拜託別連這種時候都叫我鮑麥斯特卿。」

「這真是失禮了。畢竟王都現在到處都在流傳威德林大人擊倒古代龍的事蹟。不過，沒想到這麼有名的魔法師居然是埃里希的弟弟……這世界還真是小呢。」

盧德格爾先生並不像大部分的貴族那樣傲慢，非常親切地向我搭話。

「坦白講，我當時只是拚命想辦法不讓自己和魔導飛行船一起被吐息燒掉。」

無論累積了多少魔法的鍛鍊，或是在狩獵時曾與多少凶暴的野生動物為敵，仔細想想，那都是我第一次與魔物戰鬥，因此實際上情況相當危急。

坦白講，我甚至不太記得自己和骸骨龍戰鬥時的事情。

因為太過拚命，所以幾乎沒留下任何記憶。

告訴陛下的內容，也都是之後才從艾爾和布蘭塔克先生他們那裡聽來的事情。

「親愛的。仔細想想，我以後就是威德林先生的大嫂了呢。」

「這麼說也對。」

「大嫂，以後請多多指教。」

「我是獨生女，所以覺得有弟弟很新鮮呢。」

若按照前世的說法來形容，埃里希哥哥的妻子給人的感覺就是位治癒系的美少女，如果是由這個人來當我的大嫂，我們應該能相處得很順利。

雖然不曉得以後會不會經常見面，但反正我已經能用「瞬間移動」的魔法自由往來王都，所以只要有空，隨時都能來見他們。

「喔，你已經回來啦？」

「你真的被封為貴族了嗎？」

「有沒有因為太過緊張，而在陛下面前出糗啊？」

就在我和布朗特家的人們談話時，艾爾他們從屋裡走了出來。

看來他們也已經知道我在王城獲頒爵位的事情。

「嗯，我得到了雙龍勳章，以及第六位準男爵的爵位。」

「真的假的。真希望你能讓我當隨從。」

「艾爾的本事很好，應該能輕鬆取得官職吧。」

「這種事情可沒有那麼簡單啊。」

艾爾對我露出像是在說「你太天真了」的表情。

「艾爾文說的沒錯。無論劍術再怎麼好，貴族錄用家臣時還是很重視人脈。」

身為貴族，必須為了預備戰事而建立精良的家臣團。

不過在聽了盧德格爾先生的說明後，我才知道儘管表面上的理由是如此，受到戰爭已經中斷兩百年以上的影響，無論新人的實力再怎麼堅強，依然不容易覓得官職。

比如說有某個貴族家欠缺人手。

那麼那個貴族家首先會讓自己的小孩分家獨立，再不然就是優先錄用家臣的孩子。就算這些都不行，也只要從住在自己領地內的平民裡挑一個有實力的人僱用就好，因此完全沒有新人出場的餘地。

「真的遇到沒辦法的時候，附庸就會去向宗主求助。不過就連這種場合都必須要有介紹函才行。如果擔任官職的人惹上司不高興，會連帶影響寫介紹函者的評價。因此通常不會幫不熟的人寫介紹函。」

換句話說，如果無法在老家的領地內謀得一官半職，就只能選擇有耐心地開墾無人居住的未開發地開拓出自己的領地，或是步上成為冒險者的道路。

「威爾打算繼續上預備校，成為冒險者吧？」

「嗯。」

「那就僱用我吧。」

「呃，是可以啦。」

「真是天上掉下來的幸運。這樣讓威爾擔任領隊指揮隊伍的理由又多了一個。」

「我也希望你能僱用我。」

「我也要！」

「伊娜和露易絲我都願意僱用，不過貴族這樣做真的沒問題嗎？」

「表面上是不行。不過，因為沒工作的貴族其實還滿多的。」

雖然王都有許多下級的名譽貴族，但據說他們約半數都沒有正式的職位。

「明明是貴族？」

「和貴族家的數量相比，職位的數量實在太少了。」

「明明是貴族，卻沒工作……」

「因為國家會發年金，所以他們不至於過窮困的生活。可是……」

貴族有許多需要花錢的應酬，也有貴族為了擺脫沒工作的狀態而寧願花錢疏通。

事情就是這樣，在下級貴族中，有許多人都另外擁有副業。

「其實是不能這樣做的。但要是他們反駁『不然就給我工作啊』也很令人困擾，所以王國也只能默認。」

「這世界真難過啊。」

雖然我的老家也很窮，但住在王都的下級貴族在各方面也都滿辛苦的。

「所以偶爾會有將冒險者當成副業，在工作中去世的貴族。」

盧德格爾告訴我們，儘管這些人的死因通常是被魔物殺害，但又不能對外公開，因此甚至有人為了早點讓繼承人繼承爵位，而催促官府將死因改成病死。

「咦？那我的狀況又是如何？」

「陛下已經親自允諾威德林大人能夠自由行動。這應該有一部分是因為你是魔法師吧。」

無論多有才能，貴族和王國似乎都不會僱用經驗尚淺的魔法師。

他們真正搶著要的，是曾以冒險者的身分聞名、打算在退休後當官追求第二人生的魔法師。

當然不只是魔法，曾在冒險者時代培養的經驗和人脈都非常有用。

我的師傅和布蘭塔克先生都是這種類型。

「如果從陛下的角度來看，威德林大人等於已經先被他預約了。」

「預約？啊！」

這麼說來，我在被陛下敘勳後，已經成為王國貴族了。

等我從冒險者業退休後，陛下只要說聲「那你來當官吧」就好。

反過來說，原本有機會僱用我當專屬魔法師的布雷希洛德藩侯家如今已經毫無希望。

即使爵位和位階有差，我和布雷希洛德藩侯都是王國任命的貴族，並站在相同的立場。

因此布雷希洛德藩侯已經無法僱用我這個同僚了。

稍微思考過後，我總算理解艾戴里歐先生之前為何會露出困擾的苦笑了。

雖然不是布蘭塔克先生的錯，但主人看上的人才，就這樣在他的眼前被王國搶走了。

即使是個性溫和的布雷希洛德藩侯，也會忍不住對布蘭塔克先生抱怨吧。

而發現這點的艾戴里歐先生，或許是因為同情布蘭塔克先生這位好友，才會露出那種表情。

「即使只是形式上也好，我建議威德林大人最好還是僱用這三位友人。」

盧德格爾先生勸我就算只是做做樣子，也應該僱用他們三人。

「雖然沒有官職，但威德林大人仍當上了準男爵。」

準男爵的年金是三十枚金幣，亦即三十萬分。

換算成日圓後，大約是三千萬圓。

而且我目前在王都甚至連房子都沒有，當然也沒僱用任何人。

「威德林大人獲頒睽違兩百年的雙龍勳章，並受封準男爵的事情，已經傳遍了王都……」

因此現在賦閒在家當尼特族的貴族子弟，理所當然地會開始來找我推銷自己，希望擔任我的家臣，另外也不難想像未來一定會有許多平民子弟，為了應徵護衛或僕人蜂擁而至。

「基於財政方面的理由，王國現在無法輕易增加貴族家。」

在王都的名譽貴族家，有半數都是坐等年金的尼特族，這就是目前的現實狀況。

雖然大家都知道年金的額度是多少，檯面上也沒有人大聲張揚，但身為納稅者的平民們，其實都認為那些貴族只是飯桶。

因此王國無法輕易增加貴族。

反倒是在減少人數的方面，終於到了連養子都無法繼承的程度。

「雖然通常在那之前，有繼承資格的親戚們就會先起爭執，但過去甚至還發生過演變成流血事件的案例。」

再來就是犯了足以被收回爵位的罪名的狀況。

「由於主要的罪狀都是收賄，因此大多只要賠錢就能了事。就算是殺害平民的狀況，也能透過花錢來和解。此外偶爾也會有運氣不好被當成派系鬥爭的攻擊目標，而受到嚴懲的倒楣貴族。」

「貴族也真辛苦呢。」

「每年都會發生一到兩次這樣的事件。」

平民們似乎還會將那種事件當成閒聊的話題，靠賭那個貴族家能不能活下來取樂。

難道只有我覺得無論哪一方都好不到哪兒去嗎？

「增加貴族家的理由也是各式各樣。首先是像威德林大人這樣，立下了無可比擬的功績。」

不過由於現在已經沒有戰爭，因此這種方式幾乎被視為不可能。

即使在偶爾會發生的領地邊界紛爭中大為活躍，也不會獲得王國的讚賞。

這是因為就算將負填補到零，評價也不會因此上升。

「只要讓僱用士兵或家臣的貴族自己提出獎賞不就好了嗎？」

而且不是還有自己開拓未開發地，讓王國承認其領有權的方法嗎？

例如我的老家鮑麥斯特家就是如此。

「某方面來看，這的確算是非常積極的方法，但依然頗有難度。」

要集合眾人開拓什麼也沒有的土地，直到能夠徵稅為止。

「說起來簡單，實際執行起來極為困難。」

「畢竟開墾新土地真的很辛苦。」

而且即使成功，還是要考慮成為附近大貴族的附庸，或是與鄰近的領主爭奪特權等問題，營運起來非常辛苦。

「雖然王國為了便宜行事會授予騎士爵，但一個村落只有不到一百名居民也不是什麼稀奇事。」

看來並沒有一開發就馬上出現效果，領地也急速發展這種好事。

否則我的老家鮑麥斯特家，早就晉升為藩侯了。

「事情就是這樣，從明天開始，應該就會有許多人爭相來找威德林大人。」

硬跑來求官的貴族子弟，以及希望能被僱用的平民子弟。

還有想將女兒或妹妹嫁給我的貴族，或是希望我納妾的商人。

就連想像力普通的我，光是思考就覺得頭開始痛了起來。
「因此即使只是形式也好，最好將那三人納為家臣。」
既是同樣以冒險者為志願的夥伴，又是同一支隊伍的成員，因為現在新鮑麥斯特家沒有工作，所以也不必支付報酬。
「說的也是，而且我們還不需要薪水。」
「終究只是當成人生的第二道保險。」
「對啊。比起被迫當怪老頭的後妻，不如維持未婚當威爾的家臣比較好。」
要是知道我已經有家臣，想勉強我的人應該會減少才對。
而且伊娜和露易絲都是和我年齡相近的女性。
「雖然這麼說很失禮，但伊娜小姐和露易絲小姐都是陪臣之女，因此更加適任。」
「周圍的人應該會擅自把伊娜和我當成威爾的妾吧。」
我現在已經是貴族的當家，如果想嫁給我當正妻，就必須要有和我門當戶對的家世。
因此身為陪臣之女的兩人，似乎早就被排除在外。
「露易絲小姐如此機靈，真是幫了大忙。」
「雖然我是真的不介意當威爾的妾。」
「唉，再怎麼說那都是成人以後的事情。姑且不論我會不會產生慾望。」
「威爾還真敢說。到時候我一定已經變成充滿魅力的女性。你就等著被我哄騙吧。」

在那之後，我們和埃里希哥哥與布朗特家的人們共進晚餐，並一直聊到深夜。

不過大概有一半左右的話題，都是老練又經驗豐富的盧德格爾先生，在對今天突然成為貴族家當家的我提供建議，雖然這麼說有點不好意思，但盧德格爾先生真不愧是長年在王都任職的貴族。

即使爵位相同，他和我那些只會耕田的父親和長兄仍是天差地遠。

同是下級貴族，但因為長期置身中央的環境，所以對政治和貴族的常識都非常敏感。

「吶，埃里希哥哥。」

「什麼事，威爾？」

「盧德格爾先生，感覺比我們的父親和其他哥哥還要可靠幾十倍呢。」

「唉，有些話還是留在心裡比較好。」

就寢前，我和埃里希哥哥聊了這樣的話題。

第五話　埃里希哥哥的婚事

在我抵達王都，因為討伐古代龍的事蹟而被陛下封為貴族的兩天後，今天將在布朗特家舉行埃里希哥哥的婚禮。

不對，其實埃里希哥哥已經正式成為布朗特家的人了。

這個世界的婚禮，其實在兩人一同前往教會接受神父的祝福，再去官府提交文件後就結束了。當然王族和大貴族就無法這樣處理。

因此今天的活動，應該算是向大家宣布兩人已經結為連理的結婚公告派對。

其實埃里希哥哥和米莉安大嫂已經認識三年了。

埃里希哥哥十七歲就通過下級官員考試，盧德格爾先生是在觀察他的工作表現兩年後，才判斷能放心將女兒交給他，並開始替兩人疏通周圍的關係。

之所以要做這種麻煩事，是因為貴族間複雜的人際關係，以及可能招致其他親戚的嫉妒。

布朗特家只有一個女兒，所以只剩下招贅這個選項。

這種情報一旦流出去，就會有許多莫名其妙的人盯上盧德格爾先生的爵位和職位，並跑來攀親帶故，身為宗主的蒙傑拉子爵，也經常在周圍的人的催促下，向盧德格爾先生推薦女婿的候補人選。

就算那些候補人選非常糟糕，根本就不是值得推薦的人物也一樣。
如果立刻就拒絕，一定會得罪別人，因此蒙傑拉子爵不得不前來推薦。
看來當別人的宗主也不是件容易的事情。
就因為別人的陳情而辛勞不已這點來看，或許和我前世的政治人物有點像。
盧德格爾先生在這些人當中，選擇了埃里希哥哥。當然會有許多人對這個決定感到不滿。
之所以這麼晚才去教會證婚，也是因為協調這些麻煩的局外人非常費時。
『當然，現在敢公開抱怨的人應該少了很多。』
按照盧德格爾先生的說法，這主要似乎是因為我擊倒龍後獲得了雙龍勳章和準男爵的地位。
以前那些狠狠批評埃里希哥哥「不過是個窮鬼騎士爵家的五男」的那些人，現在大多見風轉舵地稱讚他是「屠龍英雄的哥哥兼聰明優秀的女婿」。
雖然是個討厭的話題，但既然我這種人也能幫到埃里希哥哥的忙，那就隨便他們好了。
『雖說是偶然，但幸好我沒有強硬地插手米莉安小姐招贅的事情……看來我的運氣還算不錯。』
『幸好我們是騎士爵家。』
盧德格爾先生說的沒錯，若布朗特家不是身分低微的騎士爵家，很可能會有其他爵位更高的貴族硬要介入招贅的事情。
『如果你們是準男爵家，那盧克納財務卿可能也會過來出手干涉。』
『但要是硬送了埃里希以外的人過來，那位大人又會因為無法和屠龍英雄締結關係而勃然大怒。』

『畢竟大貴族就是這種生物。我們這些聽命行事的人根本承受不起啊。』

這似乎是身為宗主的蒙傑拉子爵真誠的感想。

蒙傑拉子爵在婚禮前一天跑來找盧德格爾先生抱怨，而我不知為何也被迫旁聽。

『鮑麥斯特卿，這件事你也擺脫不了關係喔』——我還被迫聽了這句讓人心灰意冷的教訓。

最後挑選女婿的決定權，還是掌握在布朗特家當家的盧德格爾先生手上。

不過視情況而定，似乎也經常發生宗主硬將自己選的女婿推給附庸的狀況。

蒙傑拉子爵放心地嘆道「幸好這次沒發生這種事」。

「嗨，小子，好久不見了。幸好今天的天氣很適合辦派對呢。」

「就布蘭塔克先生的情況而言，感覺酒比天氣還要重要……」

「你變得敢回嘴了呢，準男爵大人。」

就在布朗特夫人和家裡的女傭，為了準備一小時後開始的派對四處奔波時，布蘭塔克先生於設置在庭院的會場向我搭話。

派對是辦在布朗特家的宅第和庭院，總共邀請了約三百名賓客。

以下級名譽貴族來說，這似乎算是標準的人數。

親戚與朋友、職場的同僚與上司。此外布朗特家也有邀請自己的宗主蒙傑拉子爵，而在那位宗主所屬的派閥中，也有幾位中級以上的貴族受到邀請。

有些人是本人親自到場，有些人是派長男來當代理人，兩者的比例大約是一半一半。

話說回來，布雷希洛德藩侯似乎也很中意和自己一樣屬於文官類型的埃里希哥哥。所以布蘭塔克先生應該是以藩侯代理人的身分出席。

「就算你說好久不見，也才過兩天而已吧？」

「別計較這種小事啦。不過，你居然成了準男爵。」

「我自己才是最驚訝的那個人。」

「這表示你立下的功績就是如此輝煌。」

布蘭塔克先生點著頭，自顧自地肯定自己的說詞。

「明明布蘭塔克先生也有功勞……」

「我應該算是附贈的吧？」

「可是，你有權利收下古代龍骨和魔石賣得的一成價金。」

要不是有布蘭塔克先生幫忙保護魔導飛行船，我的功績根本無法獲得這麼高的評價。

而且艾戴里歐先生也向陛下建議布蘭塔克先生應該值得分到一成的報酬，陛下也同意了。

因此布蘭塔克先生有權利獲得一百五十枚的白金幣。

「事情就是這樣，這是一百五十枚白金幣。你真的不需要一半嗎？」

「我已經四十八歲囉！作為養老的資金和酒錢，這樣已經綽綽有餘了。而且我自己其實也有不少資產。」

說著說著，布蘭塔克先生乾脆將自己的資產額度告訴我，其資產總數之多，讓我難掩驚訝。

「因為我當冒險者時參加的隊伍賺了不少錢。」

那支隊伍不僅有布蘭塔克先生這個超一流的魔法師，還有實力堅強的艾戴里歐先生，他們甚至還曾經打倒過屬性龍。

想必應該賺了不少。

再加上布蘭塔克先生曾經以教育新人的名義，讓我的師傅加入隊伍一段時間。

那一定是支戰鬥能力很恐怖的隊伍。

「其他的隊伍成員，現在也都在為貴族大人們工作，展開屬於自己的第二人生。所以我對這樣的分法沒有意見。」

說著說著，布蘭塔克先生從我這裡收下裝了一百五十枚白金幣的袋子，隨手放進魔法袋內。

「又賺到一筆酒錢了。」

「你是打算直接買一座酒窖嗎？」

「無論我再怎麼會喝，也不需要那麼多酒啦。」

就在我們閒聊的這段期間，派對開始的時間也逐漸逼近。

庭院裡擺了幾張桌子，上面放滿了豪華的料理和酒。

不愧是貴族的結婚公告派對，但既然有招待擔任宗主的中級以上的貴族，這也算是理所當然的結果。

「貴族真是辛苦呢。」

「因為貴族如果在婚喪喜慶方面小氣，就會被人看不起啊。」

平常過著儉樸的生活，再將拚命存下來的錢用在重要的時刻，表現出與貴族相符的舉止。

中級以下的貴族大概都是這種感覺。看來貴族在金錢方面，似乎沒有平民想的那麼有餘裕。

「被招待的一方也很辛苦呢。」

布蘭塔克先生將視線移向某個與庭院連在一起的房間，那裡面放了堆積成山的賀禮。

雖然不至於有裝了現金的袋子，但那些賀禮大多是夫妻生活會用到的物品，以及昂貴的衣服與珠寶飾品。

被附庸招待的宗主當然不可能空手跑來，而若只準備便宜的賀禮，面子又會掛不住，就連在這方面都能發現貴族有多麼為錢所苦。

長年的習慣早已決定好行情，讓他們被迫支出沉重的費用。

「話說我沒看到呢……」

「沒看到什麼？」

「如果沒有會很嚴重的東西。」

儘管布蘭塔克先生的發言讓我感到困惑，但此時換好正式禮服的埃里希哥哥現身了。

「好久不見了。布蘭塔克先生。」
「喔。我們的領主大人其實也很想親自過來呢。」
「畢竟布雷希洛德大人貴為藩侯，這也無可奈何。」
「是啊，也要考慮到與布朗特家的宗主之間的平衡。」
的確，明明這場婚禮的主角是布朗特家，要是讓地位勝過其宗主的藩侯以女婿客人的身分參加，只會害場面失衡。
雖然能夠理解，但這也讓我再次實際感受到貴族有多麼麻煩。
「話說回來，鮑麥斯特家的賀禮還沒到嗎？」
「關於這點，我也已經寫信催促好幾次了……」
「喂喂喂，你說真的嗎？要是被我家的老爺知道這件事……」
平常總是一臉悠哉的布蘭塔克先生，難得露出不安的表情。
「那個，發生了什麼麻煩嗎？」
我悄聲向布蘭塔克先生問道。
「埃里希和你的父親，還沒送聘禮過來。」
貴族之間的婚事，通常是由接受新娘的家庭向新娘的老家支付聘金，而新娘也會從老家帶嫁妝或婚姻生活需要的家具和衣物過來。
這方面的行情基本上是看雙方的家世決定，在此就先不提這些瑣碎又麻煩的事情。

此外，在像埃里希哥哥這樣入贅的場合，按照一般的風俗，接受女婿的家庭會向女婿的老家支付聘禮，女婿的老家當然也必須回贈一筆禮金。

然而，鮑麥斯特家不知為何，似乎還沒送禮金過來。

「那樣不是很糟糕嗎！」

就連不太清楚貴族習慣的我，都覺得大事不妙。

「嗯，這種無禮的舉動不可能會被原諒。」

不僅埃里希哥哥會因此顏面盡失，從布蘭塔克先生的態度就能看出來，身為宗主的布雷希洛德藩侯也會跟著丟臉。

可是沒想到鮑麥斯特家的那些人，居然會不看氣氛到這種程度。

該說真不愧是位於王國最南端的孤獨貧窮貴族家嗎？

「畢竟兩家距離遙遠。會不會只是單純還沒送到？」

埃里希哥哥試著提出擁護家人的推論，但現場幾乎沒有人相信。

「還是說路上碰到了什麼麻煩？雖然不是沒有這個可能性……」

像這種兩地距離遙遠的狀況，因為不方便運送體積大的東西，所以通常會讓某位家人帶金幣或寶石過來。

儘管父親自己過來的可能性很低，但正常來講，應該會派家臣或其他尚未獨立的兄弟過來。

明明這樣才是正常狀況，現在卻沒有任何人來……

「真令人困擾。」

埃里希哥哥低著頭陷入沉思。看來就算是他，也沒想過會發生這種情況。

而且鮑麥斯特家平常窮歸窮，好歹仍是個貴族，應該不會在這種和禮儀有關的地方小氣。

到底是發生了什麼事情呢？就在我們想著這些事時，兩位年輕的男性來到我們身邊。

應埃里希哥哥之邀前來的兩人，分別是鮑麥斯特家的三男保羅，以及四男赫爾穆特。

他們都已經放棄鮑麥斯特家的繼承權，在王都的警衛隊工作。

雖然兩人的年齡分別是二十六歲和二十四歲，但都還沒有結婚。

畢竟要是已經結婚，一定會帶妻子一起過來。

「恭喜你結婚，埃里希。」

「恭喜啊。」

「謝謝。保羅哥哥，赫爾穆特哥哥。」

雖然過去很少和我說話的兩位哥哥一同向埃里希哥哥表達祝賀之意，但他們的表情都不太好看。

「怎麼了嗎？保羅哥哥，赫爾穆特哥哥。」

「是威德林啊。其實，發生了一件令人困擾的事情……」

「雖然你目前是王都的大紅人，但我們現在甚至沒有跟你打聽八卦的餘裕。」

因為至今都沒什麼機會說到話，所以向他們搭話時我還有點不安，不過兩位哥哥並未特別和我保持距離。看來只是因為我們年齡差距過大，所以在老家時才找不太到機會聊天。

而那兩人目前似乎正在擔心某件事。

「其實老家那裡寄了這樣的一封信給我們。」

埃里希哥哥開始閱讀三男保羅拿出來的信。

認真地看了一下信後，埃里希哥哥立刻發出嘆息。

「埃里希哥哥。」

「這下麻煩了……」

埃里希哥哥將信遞給我看，上面的內容非常驚人。

簡單來講，就是老家沒想到埃里希哥哥能入贅同位階的騎士爵家，而且至今累積的積蓄幾乎都已經在辦長男科特的婚禮時用光了，坦白講現在根本拿不出錢。再加上家裡沒有能帶禮金去王都的人，所以希望保羅和赫爾穆特幫忙代墊。

除此之外，信裡甚至還寫了「要不是因為當初出錢資助你們獨立，家裡現在也不會沒錢，因此由你們負責代墊也是理所當然的」這種讓人相當惱火的內容。

而且這封信全都是由平假名和片假名寫成，因此讀起來異常困難。

從筆跡來看，這封信應該是長男科特寫的。

「亂來也該有個限度。」

如此不負責任的內容，讓我只能當場傻眼。

基本上兩位哥哥任職的警備隊薪資，一年只有三枚金幣，再怎麼努力也頂多到四枚。

如果是在鄉下，那的確夠正常生活，但在王都這種物價高昂的大都市，僅能勉強餬口。

再加上兩人還必須存自己的結婚資金。

要他們替老家代墊禮金，根本就是不可能的事情。

「科特哥哥和爸爸，到底對在王都當小小警備隊員的我們有什麼期待啊？」

「誰知道。」

真要說起來，兩位哥哥成人並離開老家時，是以放棄繼承權為條件，才從父親那裡拿到美其名是資助獨立的微薄補償金。

換句話說他們早已和老家斷絕關係，完全沒必要替鮑麥斯特家出錢。

「埃里希應該也沒想到事情會變成這樣吧。」

「科特哥哥，居然為我們帶來這種意外……」

保羅和赫爾穆特接連嘆道。

「埃里希哥哥在離開老家時，應該也有以放棄繼承權為條件獲得資助吧？所以他們才覺得雙方已經斷絕關係了嗎？」

「不，哪有這種道理。」

布蘭塔克先生立刻駁斥我的想法。

「如果只是單純結婚而沒有繼承貴族家，那的確是不需要特別慶祝。不過埃里希可是即將成為布朗特家的下任當家。換句話說，就是別人把家讓給了他。正常來講，就算借錢也要包禮金給人家。」

「難道是布雷希洛德藩侯大人拒絕借錢給他們？」

「不可能。只要他們開口，領主大人絕對會借。畢竟如果因為拒絕而害鮑麥斯特家付不出禮金，領主大人也會跟著一起丟臉。」

「原來如此。」

雖然眾人都贊同布蘭塔克先生的意見，但現在根本不是討論這種事情的時候。已經沒有追究鮑麥斯特家的愚蠢行動的時間了。

總而言之，為了不讓埃里希哥哥丟臉，必須盡快準備足夠的禮金和其他賀禮放在一起。

「那個，由我來出吧。」

「也對。幸好小子有得是錢。」

「請告訴我行情。另外，也要準備物品吧？」

在進預備校念書前，我曾在未開發地和海邊進行魔法訓練，並順便從事打獵、採集和製造食品的活動，如果那裡面有派得上用場的東西，我可以直接從魔法袋拿出來。

再不然，也可以拜託艾戴里歐先生幫忙準備。

那個人應該有辦法立刻湊齊適合當賀禮的東西。

「威爾，不好意思。」

「我現在也算另一個鮑麥斯特家。身為一家之主，不送賀禮給自己的哥哥也很奇怪吧？」

在所有兄弟中，我和埃里希哥哥的感情最好，而且這已經不只是埃里希哥哥的問題。

這件事可能害身為宗主的布雷希洛德藩侯顏面掃地，同時也關係到剩下兩位哥哥的將來。

只要能透過這場婚事成為布朗特家的人，埃里希哥哥就能和在官府從事財務工作的下級名譽貴族、那些貴族的上司、宗主，以及在同樣派閥中擔任幹部的中級貴族們建立關係。

這麼一來，即使無法像埃里希哥哥那樣入贅到貴族家，他們或許還是有機會入贅到那些人的分家或家臣家。

「倒不如說，這是個和中央打好關係的機會吧？」

至今一直對我老家的愚行保持沉默的艾爾低聲嘟囔道。

「這麼說來，艾爾小子也是騎士爵家的孩子呢。」

布蘭塔克先生露出對艾爾的想法表示理解的表情。

「嗯，只要在這時候順理成章地以親戚的身分行動，將來必須拜託中央幫忙時就不怕找不到人了吧？」

雖然不常發生，但地方的小領主偶爾也得向中央陳情。

然而站在中央的立場，由於要處理的件數實在太多，因此無論如何都必須讓人久候。

即使好不容易輪到自己陳情，也經常輕易地被用一句「沒辦法」打發。

所以平常才要和有與中央的下級名譽貴族締結婚姻關係的親戚交際。

如果有事需要幫忙就拜託親戚，而被拜託的下級名譽貴族又會去拜託宗主或同派閥的中級貴族。

原來如此，難怪人家常說人脈是寶。

當然要維持這樣的關係，需要花上一點費用，但會對這種費用小氣的貴族才有問題。

「一般的貴族應該會這麼想。不過那個鮑麥斯特家有點算是例外。」

「這怎麼說？」

「那裡的人個性都非常封閉。」

布蘭塔克先生回答艾爾的疑問，這似乎和鮑麥斯特家興起的原因有點關係。

初代鮑麥斯特是住在王都但連職位都沒有的貧窮騎士爵家次男，他似乎是因為討厭那樣的環境，才會遷移到南部。

他開墾無人居住的未開發地建立村落，並讓王國承認那裡是他的領地。雖然過程付出了非比尋常的辛勞，但次男以下的孩子若想成為領主，這算是機率最高的方法。

初代鮑麥斯特在山脈另一頭的盆地，發現了一個適合建立村落的地點。

北部和西部的山脈隔絕了其他領地，東部和南部則是遼闊的未開發地和大海，如果只看面積，那塊土地甚至足以和一個小國匹敵。

而沒有鄰居，不必費心與人爭奪領地和特權也是一項優勢。

確認好根據地後，初代鮑麥斯特利用老家的人脈，從住在王都的貧民們當中募集移居者，並身先士卒地努力開墾土地。

然後經過了百年以上的時間，鮑麥斯特家也傳了四代。

第五代就是現任領主的父親。

我之前曾透過族譜確認過。

「不過花了一百年才讓人口增加到八百人，建立三個村落啊。這樣不曉得算多還算少……」

「以騎士爵來說算多了，之後似乎還有再另外招募過移民。」

那財政方面感覺應該要再更好一點才對，不過之後卻發生了那場令人痛恨的出兵事件。

「鮑麥斯特家的當家和宗主之間的關係原本就非常疏遠。唉，雖然要是真的那麼常見面也很麻煩。」

鮑麥斯特家只是因為需要宗主，才不得已拜託離自己最近的布雷希洛德藩侯。

不過中間隔了一座山果然還是有影響，兩家間的交情並不親密。

即使被孤立也不是不能自給自足，這讓鮑麥斯特家的個性變得更加封閉。

「前一代的領主大人勉強鮑麥斯特家出兵也有不對。」

因為自己疼愛的繼承人生病而打算尋找靈藥材料的上一代布雷希洛德藩侯，為鮑麥斯特家帶來極大的負擔。

「這成了決定性的關鍵，鮑麥斯特家因此更往孤立的道路前進。這方面的事情，我也是從現任的領主大人那裡聽來的。」

「所以他們才沒去向布雷希洛德藩侯借錢嗎？」

因為躲在自己的領地內，所以根本不需要與中央的聯繫。

鮑麥斯特家已經沒錢，而且也絕對不想向布雷希洛德藩侯家借錢。

就算家族的評價因此變差，也不會因此就受到什麼懲罰。

反正又沒有犯法，即使邊境的鮑麥斯特家違反了什麼貴族的禮儀，住在王都的那些貴族也很快就會忘記。

即使身為大貴族的布雷希洛德藩侯將因為附庸的惡評受到連累，鮑麥斯特家也不痛不癢。

「根本是完全豁出去了……」

我、艾爾等人、布蘭塔克先生和三位哥哥在發現老家鮑麥斯特家的意圖後，只能啞口無言。

「這已經不是糟不糟糕的問題了！」

「布蘭塔克大人，難道布雷希洛德藩侯家不會為了懲罰鮑麥斯特家而出兵嗎？」

伊娜開始擔心起兩家之間會不會演變成戰爭。

「怎麼可能因為這點程度的事情就派兵攻打人家。」

我不是不能理解伊娜的憂慮。

畢竟貴族這種生物最在乎的就是面子和榮譽。

不過只要參考上一次的失敗，就能得知想跨越山脈派軍隊過去有多困難。

雖然那和進軍魔之森不同，只要越過山脈就行了，但跨越山脈後還得面對與八百名居民的防衛戰，可想而知那一定會是場非常慘烈的戰鬥。

既不可能在當地獲得補給，就算付出莫大的犧牲後獲勝，接下來也得復興和統治隔了一座山的領地。

要是情況變成那樣，布雷希洛德藩侯家的財務又要出問題了。

「大概就連這點也被看透了吧。」

「唉，只要是腦袋正常的人應該都會發現。而且只要看他們有多麼執著於讓長男繼承家業，和對底下那些能幹的孩子們的反應就知道了……」

因為是封閉的領地，所以思考完全傾向保守。

由於將一切的心力都放在維持以領主為頂點的體系，因此除了堅持讓長男繼承家業外，對底下那些可能擾亂秩序的孩子們也極度冷漠。

即使如此，他們依然沒有欺負或虐待那些孩子，這既是他們最大限度的溫柔，同時也代表他們認為不需要對孩子付出更多的關愛。

這麼一來，內在是大人也是個應該考慮的問題。

正因為能夠理解他們的這種心情，我才會和家人保持距離。

「如果是埃里希，應該能讓那個村子發展得更好吧。小子你也一樣。」

要是會用魔法的我成為領主——

實際上，名主克勞斯也曾經這樣拜託過我。

「再來就是埃里希哥哥成為當家，而我也願意協助他的選項吧。」

「倒不如說，他們害怕的就是這個可能性。畢竟你們的感情看起來還不錯。」

我對自己的魔法才能有一定程度的自信。

但適不適合當一個治理領地的領主，又是另一個問題了。

畢竟這種事情，還是要實際試過才會知道。

因此若埃里希哥哥願意成為領主，我應該會樂意當他的家臣。

「咦？可是，既然家裡出了一個這麼厲害的魔法師，難道不會想讓他當自己的專屬魔法師嗎？」

「這問題還不簡單。因為不可能啊。」

布蘭塔克先生乾脆地否定露易絲的意見。

「就算小子還只是個孩子，妳以為僱用他這種等級的魔法師要花多少錢啊？」

「不過家人應該可以打折吧。」

「想也知道不可能。露易絲小姐，假設妳的老家要妳擔任魔鬥流的師傅，並用非常便宜的薪水徹底使喚妳，妳會怎麼想？然後妳的父母或兄弟還對妳說『這薪水應該沒問題吧，因為我們是家人啊』。」

「就算是家人……」

這種靠家族感情榨取對方的關係，不可能長久持續。

「對吧？而且就算一開始有辦法這麼做，只要小子一逃跑就完蛋了。」

就算他們想攔住我，也是我的實力占壓倒性的優勢，要是因為這樣的疏忽失去魔法師，領民們也一定會產生不滿。

「無論如何，他們都不可能拿出符合行情的薪水。既然如此，還是一開始就別僱用小子比較好。」

回到之前那個讓埃里希哥哥繼承領主的話題，如果是埃里希哥哥，一定會盡全力讓我受到正當的待遇，明白這點的我也會願意協助他吧。

畢竟我自己一個人就能輕鬆地賺到錢，就算先讓埃里希哥哥賒帳也無所謂。

不過我絕對不想免費服務那個父親或科特哥哥。

這是我的真心話。

「總而言之，因為種種理由，我們是無法期待他們的禮金了。小子，這筆錢就先由你來出吧。事後領主大人會全額返還。」

「我知道了。」

雖然就算不還也無所謂，但講這種話可能會有損布雷希洛德藩侯大人的面子。

除了我以新鮑麥斯特家當家的身分送的賀禮以外，還是別跟他客氣讓他還好了。

「不好意思，布蘭塔克先生。」

「都怪我們沒錢……」

「不，這件事怎麼看都是你們老家的問題。畢竟幾乎不會有人要已經拿了錢獨立的兒子們幫忙代墊禮金。」

哥哥們向布蘭塔克先生道歉，但這件事的確不應該歸咎於他們。

而且哥哥們已經在自己的能力範圍內，包了禮金給埃里希哥哥。

「呃，一般禮金的行情是多少啊？」

「就這次的狀況來說，騎士爵家應該是一枚金板的份。通常會一半用金幣，一半換成同等價額的物品。」

當然不用說，這些東西都必須擺在客人們看得見的地方。

再來就是為了表現出兩家的聯繫，最好還能是參雜一些自己領地的產物。

大概就和下聘時，必須在名叫三方的木臺上擺昆布和魷魚乾差不多的感覺吧。

「老家的特產嗎？」

「不用想得太嚴重。只要是那個地方的東西就好。如果你的魔法袋裡沒有，要不要讓艾戴里歐幫忙準備？」

「這麼說來，艾戴里歐先生是個商人呢。不過他今天沒被邀請。」

「那當然。雖然他透過你和布朗特家建立了關係，但雙方之前連見都沒見過面。而且……」

其實臨時希望參加埃里希哥哥婚禮的貴族和商人突然暴增，甚至到了處理不完的程度。

原因主要是出在我身上。

「雖然跑來了一堆想認識你的傢伙，但這畢竟是埃里希的婚禮。因為他們那樣做實在太失禮，所以我和盧德格爾先生事先就把那些傢伙處理掉了。」

「你真的有在工作呢……」

「那還用說。你真失禮，我要你請我喝酒補償。」

「酒嗎？我這裡有喔。」

我正好在煩惱要用什麼物品來充當賀禮，於是便開始從我的魔法袋裡掏出裝了酒的瓶子。

這些是我為了以魔法重現釀造和發酵累積的實驗成果，材料是野莓、山葡萄、砂糖、米和小麥等。

我姑且分別做了紅酒、水果酒、萊姆酒、燒酒和啤酒。

「喔，小子你會用的魔法種類還滿多的嘛。我看看……」

布蘭塔克先生立刻開始試飲，因為不能拿奇怪的失敗作當成賀禮，所以有人願意幫忙試喝也算是件好事。

我還未成年，不能喝酒。

「味道不錯。雖然比不上超一流的名酒，但已經夠拿來配每天的晚餐了。」

一開始拿出來的酒全都被布蘭塔克先生收進了自己的魔法袋，但反正還有很多，於是我將每種酒都拿了幾瓶出來。

「這個酒瓶也是用魔法做的嗎？」

「嗯。」

「你會的魔法種類比艾弗還多呢。真是令人羨慕。」

由於要做玻璃瓶還有點勉強，因此這些瓶子全都是陶器。

與其說是瓶子，不如說是陶製容器比較正確。

因為未開發地那裡剛好有櫟樹，所以我就用那個當材料進行密封，至於容器方面，雖然我努力想讓形狀好看一點，但最後只能做到不讓酒漏出來的程度。看來我沒什麼藝術天分。

接著我拿出約十個甕，裡面裝的是我之前大量製作的鹽。

鹽巴在位於內陸的王都非常昂貴，這個禮物應該也很討喜。

之後我又拿出相同數量的甕，這次裡面裝的是砂糖。

砂糖的主要產地也是在南部，因此王都的行情也比其他地方略高。

再來是裝了小麥和米的袋子，以及我以前獵來的熊和鹿的毛皮，這些毛皮都已經請人加工處理過。

最後，我拿出之前為了埃里希哥哥，向布雷希柏格的武器店訂製的弓箭。

因為我不知道該送新娘什麼才好，所以就挑了以前在布雷希柏格買的絹布衣料，以及在未開發地採集的瑪瑙和翡翠原石。

「大概就這樣吧？」

「小子現在也算是一家之主，所以這樣應該夠兩家份了。」

這麼一來，我們總算順利填滿了用來放賀禮的空間。

要是沒有我的賀禮，女婿那邊的空間就會變得空蕩蕩，讓埃里希哥哥很沒面子。

「爸爸和哥哥真的一點都不在乎我們的事情呢……」

「畢竟只要一直窩在自己的領地，就不必關心外界的評價……」

雖然我以前和保羅哥哥跟赫爾穆特哥哥沒說過幾次話，但還是忍不住同情他們。

「給你添麻煩了。威德林。」

「不會啦，反正我本來就必須送賀禮。保險起見，還是寫封信催促父親償還我們幫忙代墊的部分。」

「應該是白費工夫吧。」

「姑且還是必須做做樣子。」

「說的也是……」

就算催促那個破天荒地要求自己兒子幫忙代墊禮金的父親還錢，他應該也百分之百不可能會還。

即使如此，我還是拜託哥哥們姑且寄封信去催促。

「不好意思，威爾。」

「這又不是埃里希哥哥的錯。」

最後我提供了價值兩枚金板的物品，充當兩家的賀禮。

不過我還有師傅的遺產、從小開始一點一點地在未開發地採集和製造的物品，以及兩天前才剛從陛下那裡拿到的一千三百五十枚白金幣。

所以根本就不在意這點支出。

「不，我不是指這件事……」

「不是指這件事？」

一直到婚禮開始之後，我才發現到埃里希哥哥並非針對賀禮的事情道歉。

第六話　赫爾穆特王國的貴族狀況

當天傍晚，埃里希哥哥的結婚公告派對順利結束。

包含新娘在內，埃里希哥哥受到職場同僚和朋友們溫馨的祝福，艾爾、伊娜和露易絲似乎也藉這個機會度過了一段快樂的時光。

另一方面，我在典禮期間則是一直被許多賓客包圍。

「辛苦你了。蒙傑拉子爵很纏人對吧？」

「不，那個人反而幫我牽制了其他人。拜此所賜，和他聊天還算是輕鬆的了。」

直到這個時候，我才總算理解埃里希哥哥為何要向我謝罪。

我和布蘭塔克先生擊敗古代龍的事情很快就在王都內傳開，而且內容還非常精確。

甚至連布蘭塔克先生知道自己的魔法無法打倒古代龍，所以留在魔導飛行船上努力保護船，以及利用聖魔法讓古代龍升天的人是我的事實都被大家知道了。

拜此之賜，我也省下了修正錯誤傳聞的麻煩，但我依然被大批賓客包圍，像個玩具般被他們玩弄。

看來那些人都沒想到傳聞中的屠龍英雄，居然會出席自己今天參加的結婚派對。

更沒想到他還是新郎的親弟弟。

在眼尖地發現我的人當中，似乎也參雜了幾名因為想和我接觸而無論如何都想參加這場派對的貴族和商人，而幫我平穩地婉拒他們那些亂來的請求的，就是盧德格爾先生、布蘭塔克先生，以及身為布朗特家宗主的蒙傑拉子爵。

蒙傑拉子爵的身材雖然高大，但外表既白皙又修長，是一位擁有典型官僚風貌的中年男性，他似乎覺得重要的附庸難得舉辦結婚公告派對，結果卻搞得好像我才是主角會很失禮，所以每隔一段時間就會幫忙把纏了我很久的人帶走。

原來如此，就是因為有辦法做到這種事，所以他才能勝任世代為官的家族的當家吧。

「真是太感謝蒙傑拉子爵了。」

在儀式期間，有些過分的傢伙甚至連看都不看盛裝打扮的埃里希哥哥和新娘，只顧著找我講話。

有些人是想將自己的小孩或認識的人介紹給我當家臣或僕人；有些人是覺得就算當妾也好，至少要將女兒介紹給我認識；更誇張的是，有些人居然是想向我借錢或要我投資一些可疑的生意。

拜此之賜，我一開始一直覺得對埃里希哥哥非常愧疚。

不過在我辛苦的這段期間，艾爾他們依然開心地享受派對，這大幅削弱了我的愧疚感。

「唉……累死我了……」

「威爾真受歡迎。」

「這明明就不是我的婚禮。你們幾個看起來倒是非常開心。」

「是啊。不僅飽餐了一頓，新娘又很漂亮。」

在那之後，派對順利結束，我趴在布朗特家準備的客房內的床上，和艾爾閒聊。

承蒙埃里希哥哥的好意，我們待在王都的這段期間，都將住在這裡，我和艾爾，以及伊娜和露易絲，都各分到了一間雙人房。

「你明明好歹算是我的家臣，居然都不來救我。」

「我現在還只是個掛名的，而且又沒有領薪水。」

「你說的太有道理，我完全無法反駁。」

艾爾他們之所以掛名當我的家臣，是為了避免我被一堆囉唆的求職者盯上。

我們現在還只是同樣以冒險者為目標的隊伍夥伴。

要等到我們都從冒險者這行退休後，他們才會真正擔任我的家臣。

「不過，威爾之後還要再辛苦好一陣子吧。」

「只要離開王都……」

此時突然響起一陣敲門聲，打開門後，我發現布蘭塔克先生站在門的前面。

「咦？請問有什麼事嗎？」

「我在門外聽見了你天真的預測。你接下來應該會很辛苦，不如趁暑假時好好在王都觀光如何？」

看來我們的對話似乎被聽見了，布蘭塔克先生對我提出嚴厲的忠告。

「因為如果真的那麼想，感覺就會成真，所以我才刻意不去思考，但果然會變成那樣嗎？」

「嗯，接下來大家將會開始爭奪你。拜此之賜，我也必須暫時留在王都當你們的保母。雖然這工作很輕鬆，所以我是無所謂啦。」

突然跑出一個討伐了古代龍，並因為這項功績獲得睽違兩百年以上的雙龍勳章和準男爵位的年輕人。

再加上那位年輕人還因為賣掉擊敗的古代龍的骨頭和魔石，獲得了巨大的財富。

那麼掌握這個國家的財富和權力的貴族們，當然只會有一個想法。

「推銷家臣和替你介紹妻妾只不過是開始。首先會造成紛爭的是……」

「由誰來當威爾的宗主嗎？」

「喔喔！艾爾，你這小子意外地聰明呢。」

「這句話微妙地傷人呢……」

「抱歉抱歉。這樣你就知道為什麼我要跟著你們了吧？」

宗主和附庸。

這個制度簡單來講，就是貴族社會的現實。

騎士爵也好，公爵也好，所有由王家授予爵位的貴族都是王家的臣子……這只是表面話。

實際上，只統治幾個村子、頂多動員數十名士兵的騎士爵，和領地足以和小國匹敵的藩侯根本不可能站在相同的立場。

這就是名為現實的真心話。

由於騎士爵和準男爵的人數實在太多，嫌管理起來太麻煩的王國方面，也希望中央和地方的上級貴族能幫忙管理那些人，因此這樣的制度從王國成立以來就一直持續到現在。

我的老家鮑麥斯特家的宗主，當然就是布雷希洛德藩侯。

理由只不過是因為領地附近的大貴族，碰巧就是布雷希洛德藩侯家而已。

由於根本就沒有會刻意想去照顧我老家的好事貴族，某方面來說這算是利用消去法的結果。

除了地緣以外，代代傳承的職種也會形成一種關係。

實際上埃里希哥哥入贅的布朗特家，每一代幾乎都是從事和財務有關的工作，因此他們的宗主就是盧克納財務卿的心腹，蒙傑拉子爵。

「不過真是奇怪。布雷希洛德藩侯大人，應該有權優先擔任威爾的宗主吧？」

「正常來講是這樣沒錯。不過也有人不這麼想。而且那樣的想法也不能算錯。」

簡單來講，我不僅是出身於布雷希洛德藩侯的附庸鮑麥斯特家，甚至還為了成為冒險者，在布雷希洛德藩侯的領地內上預備校。

等畢業之後，應該也會選擇在包含布雷希洛德藩侯領地在內的南部地區活動，所以大家自然會認為布雷希洛德藩侯有權將我收為附庸。

「其實領主大人是希望能僱用你為專屬魔法師。不過因為那個狡猾的陛下從中作梗，你已經被當成是陛下的直屬家臣了。」

沒錯，當上準男爵的我，如今已經和布雷希洛德藩侯一樣是王國的貴族，不能成為布雷希洛德藩侯的家臣。

不過如果陛下是在知道這些事情的情況下刻意將我封為貴族，那他果然是個非常狡猾的人。

「無論小子成為誰的附庸，陛下應該都不會特別表示意見。畢竟在關鍵的時刻，是王家那邊擁有優先權。」

比起宗主的命令，當然是身為君主的王家的命令優先。

這也是理所當然的事情。

「那麼，就決定是由布雷希洛德藩侯大人擔任宗主囉？」

「然而事情並沒有這麼單純。」

首先，問題似乎在於我被當成沒有領地的名譽貴族。

「過去有很多像你這樣，因為立下功績而被敘勳的例子。」

因為立下的功績極大，我被授予得以貴族身分領取年金，和讓子孫繼承自己地位的權利。

可是我既沒有領地，也沒有被任命負責什麼職位。

雖然每年都必須為了領年金跑一趟王都，但基本上想做什麼都是我的自由。

立場和我相同的貴族，實際上似乎還不少。

「只要有領地，就無法避免受到該地區的有力中級貴族，或是像布雷希洛德藩侯大人那種統領一整個地區的大貴族的影響。選項自然也會被限縮。」

敲門聲再度響起，這次來的人，是派對結束後換回便服的埃里希哥哥。

「不過就我的狀況來說，選項並未因此減少嗎？」

「站在我的立場，果然還是希望你能成為盧克納侯爵的附庸吧？」

「咦？不是蒙傑拉子爵嗎？」

「我記得蒙傑拉子爵的宗主是盧克納侯爵。」

這就是宗主附庸制度麻煩的地方，蒙傑拉子爵既是布朗特家的宗主，同時也是盧克納侯爵的附庸。

雖然如果將布朗特家稱做盧克納侯爵的次級附庸會比較好理解，但再怎麼說似乎都沒有這個詞。

「盧克納侯爵嗎？」

「威爾在謁見陛下時應該也有見過吧。因為那個人擔任財務卿。」

「啊，就是那個想對骨頭和魔石殺價的小氣鬼……不好意思，我失言了。」

「唉，那位大人啊……不過一旦當上了財務卿，在各方面都會很辛苦呢。」

「預算這種東西畢竟不是無限。如果陛下表現得小氣，民眾和貴族對他的支持度就會下降。所以偶爾代替陛下被人討厭，也是他的工作。」

布蘭塔克先生向我說明那場在謁見時，針對骨頭和魔石引發的殺價騷動背後，其實還有這樣的內幕。看來他有透過艾戴里歐先生好好收集情報。不愧是布雷希洛德藩侯家的專屬魔法師。

「負責財務的官員從以前開始就一直被人討厭。」

「的確是會給人這種印象呢。」

財務卿做出多餘的殺價讓我討厭，然後陛下再出手相助。

相對地，陛下也對財務卿下達可以自由將魔導飛行船多出來的預算，分配給其他預算不足的項目的許可。

完全就是互相給予的關係。

「盧克納侯爵是位優秀的政治家，不會濫用職權增加自己的財產。陛下也對他寄予深厚的信賴。」

「這種事就別再提了，感覺我這幾天已經聽夠了。」

坦白講，無論會的魔法再多，都無法消弭這些麻煩的種子。

和前世一樣，這世界最麻煩的還是人際關係。

「回到原本的話題。小子，你應該會成為我家領主大人的附庸吧？」

「就現狀來看，我也沒有其他選擇。」

我現在是冒險者預備校的資優生，那間預備校不只開在布雷希柏格，還是由布雷希洛德藩侯在經營。

畢業後，我也打算暫時以布雷希柏格周邊為據點，所以沒理由在這時候當其他貴族的附庸。

「雖然對埃里希哥哥不好意思……」

我告訴埃里希哥哥我無法成為盧克納侯爵的附庸。

「這沒什麼好在意的。『運氣好就有機會』，我想盧克納侯爵應該也只抱持著這種程度的期待。」

就算是代代在中央擔任財務卿的盧克納侯爵家，也不至於愚蠢到與統領南部地區的布雷希洛德藩侯家為敵。

而且我又是他附庸的附庸的埃里希哥哥的親生弟弟。

他似乎也認為這樣的關係就已經很夠了，再貪心下去只會掀起不必要的爭執。

「我真的是受夠貴族的習性了……」

「他們已經好幾千年都靠這個吃飯了。我也只有腳尖碰到入口而已。不過被威爾推了一把後，應該有稍微深入了一點？」

成為布朗特家新當家的埃里希哥哥，原本只是站在盧克納侯爵的附庸的附庸這種微不足道的立場，但因為這次的事件，給盧克納侯爵留下了很深的印象。

而且埃里希哥哥的頭腦非常好。

以後大概也會逐漸被盧克納侯爵重用吧。

「只要埃里希大人出人頭地，和他感情融洽的小子對盧克納侯爵的印象也會變好。這麼一來，盧克納侯爵以後有事要拜託小子時就更方便了。」

「呃，是要拜託我什麼事？」

「再過十年，不曉得會不會有這個機會……話說回來，因為阿姆斯壯那傢伙已經知道了你的事情，所以王國也可能開始處理帕爾肯亞草原的問題……」

雖然不知那位阿姆斯壯是何許人物，但我開始覺得只要扯上貴族，就不會有什麼好事。

可以的話，我希望能一直都別和那個人扯上關係。

「我不知道那個帕爾肯亞草原在哪裡，但我還未成年，只是最近不幸被捲入貴族間那些和魔法無關的權力鬥爭。剩下的假期，我打算用在參觀王都、購物和享受美食，正常地遊樂。」

「可是啊，小子。這種事不是你一個人能作主的。而且你說的觀光和購物，講得極端一點就只是乖乖任憑女孩子擺布而已。」

「伊娜和露易絲既不是我的戀人，也不是我的妻子喔……」

「僅限於現在吧？」

剩下的假期，我打算在廣大的王都觀光、購物，或是去吃點美味的東西。

絕對不是因為我被伊娜和露易絲唸了「居然丟下我們這麼多天！」，才想向她們道歉，只是我自己想享受觀光和購物而已。

「威爾，我和米莉安也會陪你們一起去。」

埃里希哥哥今年已經滿二十三歲並且結了婚，所以稱呼自己的方式當然也不一樣了（註：埃里希之前是以日文的「僕」自稱，但此處改用「私」）。

即使如此，他在和我聊天後，似乎仍稍微恢復了以前的習慣。

他偶爾還是會用以前的方式自稱。

「咦，可以嗎？」

「我請了三天左右的假。所以我們在幫忙帶路的同時也能一起玩。」

好不容易結婚派對也順利落幕，我下定決心，從明天開始一定要好好地正常享受暑假。

第七話　王宮首席魔導師克林姆・克里斯多夫・馮・阿姆斯壯

「喔喔，陛下，感謝您為了在下空出貴重的時間。」

在不死族的古代龍被年僅十二歲的少年討伐，在王都內掀起一陣大騷動的兩天後。

朕赫爾穆特三十七世，在王城的謁見廳接見了我國自豪的王宮首席魔導師，克林姆・克里斯多夫・馮・阿姆斯壯。

阿姆斯壯的外表看起來約三十歲上下，但實際年齡已經將近四十歲。

他是從大概十年前開始就擔任王國的王宮首席魔導師的天才，除此之外，還有另一個極大的特徵。

他是個罕見的巨漢，身高兩百一十公分，體重一百三十公斤，長袍底下則是充滿鋼鐵般的肌肉。

而他手上拿的魔杖更是不得了。

不僅巨大到足以和他的身高匹敵，還全都是由祕銀打造。最前端甚至裝了一顆西瓜般大的鮮紅魔晶石。

朕聽說這些素材全都是他靠自己的實力取得。他年輕時是個出名的冒險者，因此在實戰方面想必也是位優秀的魔法師。

外表看起來像武術家或戰士的他，在實戰上果然也是被歸類為專精近身戰鬥的魔法師。

他能使用龐大的魔力將身體能力提升到極限，利用超高速的「飛翔」魔法在三度空間自由移動，以粉碎敵人。

就連他本人宣稱不擅長的放出系屬性魔法的威力，也同樣不可小覷。

阿姆斯壯原本就擁有非比尋常的魔力，中級程度的魔法師無論再怎麼努力都不可能贏過他。

他能夠一次放出八隻令觀者畏懼的巨大炎蛇或冰蛇，並自由地操控它們，關於這項魔法的威力更是無庸贅述。

由於近年來都沒發生戰爭，因此對王宮首席魔導師的要求，也開始轉為魔法的多樣性。即使如此，專精戰鬥的他依然獲得了這個職位，不為別的理由，只因為他的戰鬥力實在太過強大。

強大到其他人都無法抱怨的程度。

在一年一度的軍事演習中，阿姆斯壯每次都會展現出「足以和一個軍團匹敵」、堪稱戰略等級的戰鬥力。

『誰想要戰爭啊。要是隨便進攻，害辛苦編成的軍團被阿姆斯壯一個人殺光，那才真的是划不來。』

這是某位阿卡特神聖帝國軍幹部非正式的見解。

「朕從來不吝惜和你見面的時間。」

「您這麼說，實在讓在下感到光榮至極。」

明明是接見王宮首席魔法師，這麼說或許也有點奇怪，但當上一國之君後要操勞的事情非常多。雖然令人難過，不過就算對象是王宮首席魔法師，也無法輕易長談。
即使如此，朕還是會盡可能抽時間和阿姆斯壯……和克林姆見面。
因為克林姆是朕從小就認識的好友。
在朕周圍那些年齡相近的人當中，每個人都因為朕將來會成為國王而對朕敬畏三分，只有克林姆將朕當成一個對等的人來往。
雖然有些無知的人將克林姆當成欠缺思慮的野蠻人看待，但那些人等於是在宣稱自己沒有看人的眼光。
克林姆是為了朕，才特地扮演一個「儘管強悍，但既野蠻又粗魯的王宮首席魔法師」。
即使朕非常中意他，他依然貫徹不與政治扯上關係的態度。
克林姆本人似乎也很享受這樣的生活。
年輕時以冒險者身分活動的他，偶爾會來見朕，和朕分享王城外的有趣話題。克林姆的冒險故事，曾多次拯救因為王的重責大任而感到煩心的朕。
「嗯，帕爾肯亞草原的偵察任務，真是辛苦你了。」
「不，偵察本身還滿輕鬆的。畢竟至今已經有七代的王宮首席魔法師親自去偵察過，所以也沒什麼新的情報。」
「這麼說也對。果然如果不打倒古雷德古蘭多，就無法開發草原嗎？」

「非常遺憾……」

我國流傳了一個包含朕在內，代代的國王都無法解決的難題。

那就是人口超過百萬人的首都，史塔特柏格缺乏糧食的問題。

當然，因為幾乎不可能完全自給自足，所以朕也沒期待到那種程度。

不過問題出在供給穀物類的主要穀倉地區，位於距離史塔特柏格將近一千公里的霍爾米亞藩侯領地。

從安全保障的觀點來看，還是希望直轄地內也能有大規模的穀倉地區。

雖說是王國的臣子，但霍爾米亞藩侯是獨自在經營自己的領地。

即使王都附近有幾個中小規模的穀倉地區，但地理條件上還是很難建立大規模的穀倉。

然而，其實在距離史塔特柏格約一百公里遠的地方，就有個條件適合的場所。

那就是帕爾肯亞草原。

這個帕爾肯亞草原是個廣大又平坦的草原地帶，而且當地還有三條河和充分的降雨量，同時兼備了農業需要的水與土地。開發起來其實非常容易。

那麼，為何至今都沒人過去開發呢？

因為這個平原是魔物棲息的領域。

「由於是平原，因此在下將古雷德古蘭多看得非常清楚。牠當時正悠哉地在狩獵一群羚羊呢。」

「那個可惡的老地龍。」

古雷德古蘭多，是以帕爾肯亞草原為地盤的巨大土屬性龍。
據說牠全長三十公尺，年齡已經超過五千歲。
即使比不上之前那隻不死族的古代龍，對我國而言，仍是隻災厄等級的怪物。
「就帕爾肯亞草原的情況來看，只要能打倒古雷德古蘭多，就能讓冒險者和軍隊一口氣驅逐所有的魔物……」
雖然目前剩下的魔物領域，大多是位於王國不需要特地解放的場所，但帕爾肯亞草原可說是唯一的例外。
為了讓王都周邊能進一步發展，那裡是塊不可或缺的土地。
只要打倒古雷德古蘭多，就能馬上開發大規模的農地，若王都附近有一塊橫跨數百公里的草原地帶不再是魔物的領域，那來往周邊地區時就不再需要特地繞路了。
光是從整頓物流網路的觀點來看，就不曉得能帶來多龐大的經濟效果。
「歷代國王就是抱持著這樣的想法……」
「嗯，結果付出了不少犧牲。」
朕之前的歷代國王，都曾經集合許多冒險者，企圖摘下古雷德古蘭多的首級。
軍方也曾為了追求功績而要求出兵，當代的國王也不只一次下達許可，派遣數千名的軍隊。
然而，這些嘗試全都以失敗告終。
王國在成立之初，就已經成功解放了幾個相對較容易攻略的魔物領域。

如果沒有那些成功，被稱做大陸之斑的魔物領域面積應該會是現在的兩倍，也無法連結許多單純只是無人居住的未開發地。

然而在這一千年來，幾乎沒再出現過成功解放魔物領域的例子。

這是因為相對容易解放的場所，都已經被古人們解決了。

剩下的地方不是地理條件艱難，就是守護該處的魔物或位居該領域食物鏈頂點的頭目極難攻略。

「居然偏偏是剩下領域之主是屬性龍的地方。」

「如果是無人造訪過的領域，運氣好或許還能遇到領域之主是陸龜或風鳥的地方……」

「只因為有可能就強行派遣軍隊也沒有意義。以前甚至還有為了尋找靈藥材料醫治體弱多病的繼承人，而害貴重的軍隊潰敗的人。」

「是布雷希洛德藩侯吧。」

「不過那是上一代的事了。現任當家應該不會做出那種無謀的蠢事。他似乎勉強重新復興了家門。」

上一代的布雷希洛德藩侯對魔之森發動的遠征，以及軍隊潰敗帶來的衝擊，也傳到了王宮。朕也對那極大的損害感到印象深刻。

如果只是男爵等級的貴族做出的獨斷行為，包含朕在內的人們應該也不會特別在意。

不過布雷希洛德藩侯是統領王國南部諸侯的大貴族，因此當時掀起了一陣不小的騷動。

若布雷希洛德藩侯領地產生混亂，將會大大影響王國對南部地區的統治。

這類型的混亂，可能會動搖王國的根基。朕的工作也會成比例增加。

「你也因此失去了好友呢。」

「是，艾弗烈不是應該死在那種魯莽遠征的男人。他既是在下的好友，也是在下最大的勁敵。」

艾弗烈和克林姆是在同一塊土地誕生，並同樣具備魔法師的資質。一方是連父母的長相都不知道的孤兒，一方是王國為數不多的名家，阿姆斯壯伯爵家的次男。

原本一生應該都不會有交集的兩人，在王都的冒險者預備校成為同窗，在一起努力進行武藝和魔法的鍛鍊後，兩人成為彼此的好對手兼好友，感情也愈來愈深厚。

「在魔力方面，是在下略勝一籌，提升身體能力的魔法也是在下較為擅長。不過艾弗烈不僅在放出系魔法的威力方面勝過在下，還能靈巧地使用各式各樣的魔法。笨拙的在下，甚至還曾經認為自己不可能有機會成為王宮首席魔導師。」

克林姆之所以能當上王宮首席魔導師，主要還是因為艾弗烈後來成了布雷希洛德藩侯的專屬魔法師。

不過也就是這個選擇，斷送了這位年輕人的才能。

「在下一直希望有一天，能認真地和艾弗烈以魔法一決勝負……」

「關於艾弗烈的事情，他的師傅布蘭塔克似乎也覺得非常惋惜。」

「畢竟是自己最關照的弟子。而且那位偉大的魔法師，甚至還不惜公開宣稱那位弟子比身為師傅的自己優秀。」

布蘭塔克是艾弗烈的師傅，克林姆對他的印象也非常深刻。

即使魔力不及艾弗烈和克林姆，布蘭塔克依然以頭腦、經驗和訓練填補了這方面的不足，克林姆也認為他是個值得尊敬的人物。

能被克林姆認同的魔法師並不多。

就連朕也只聽過幾個名字。

不過克林姆也說過布蘭塔克美中不足的地方，就是講話有點毒和太喜歡喝酒。

「說到布蘭塔克。他似乎正在照顧艾弗烈的弟子。他們目前都待在王都。」

「話說回來，在下也想知道這件事的詳情！」

克林姆愈講愈大聲。看來他果然也很在意那位屠龍的少年。

不過他的聲音有點太大，讓大家都嚇了一跳。

某位少年才俊擁有不輸給自己認同的最強勁敵，或甚至凌駕其上的實力。而且那位弟子還在前往王都參加哥哥婚禮的途中，做出了一番不得了的大事。

古代龍以奇蹟般的機率變成不死族現身，而那位弟子又幾乎憑一己之力擊敗了那隻龍。

在聽見這項報告時，就連不是魔法師的朕都感到興奮。身為魔法師的克林姆不可能忽視這個消息。

「陛下傳喚那名少年時，在下人正好在帕爾肯亞草原。」

是朕命令克林姆去帕爾肯亞草原偵察的。

雖說是時機不湊巧，但對克林姆真是不好意思。

朕原本打算讓他參加威德林哥哥的結婚公開派對，但盧克納侯爵早一步提醒朕別做出這種不雅的舉動。

立下如此功績的人參加的活動。可想而知，一定會有許多想趁機和他攀關係的貪心人士蜂擁而至。看來朕的確有點操之過急。

身為這個國家的國王，朕也不是不能強硬讓克林姆參加那場派對，不過這麼一來，只會害克林姆被人非難。因此朕也只好死心。

「在下想見那位少年一面。」

「朕能理解你的心情。所以你就再等幾天吧。」

「只要再等幾天就好嗎？喔喔！您終於願意實現在下的願望了嗎？」

「無論你再怎麼強，都不能讓你獨自討伐古雷德古蘭多。朕不希望因這種賭博而失去你。」

不管克林姆有多強，單獨行動還是太危險了。

話雖如此，派軍隊應付龍也太過無謀。

龍能從遠方放出吐息，因此無論如何都會增加無謂的損害。

一個不小心，或許還沒靠近龍，軍隊就已經被殲滅了。

自古以來，討伐龍最有效的方法，就是讓能夠使用「飛翔」魔法的魔法師對牠發動攻擊。

即使在地面上對巨大的龍揮舞武器，攻擊的範圍和效果也不盡理想。更何況在攻擊前，還得先躲過龍巨大的尾巴和吐息。

所以派遣少數精銳的魔法師進行空中戰，可說是自明之理。

不過即使擁有以一當千的實力，克林姆一個人也無法對應意外的狀況。站在朕的立場，也不希望因此失去一位好友和強力的魔法師。

「能讓您如此關心，在下實在是光榮至極。」

「所以說，雖然這可能只是外行人的想法……但如果讓鮑麥斯特準男爵、布蘭塔克·林斯塔和你一起出動，你覺得如何？」

朕的作戰，讓克林姆露出朕從未見過、發自內心的笑容。

朕看得出來。克林姆正因為獲得了能讓他盡情大鬧的後援成員，以及能見識到那位少年實力的機會而歡喜不已。

「只要讓在下和鮑麥斯特準男爵持續對古雷德古蘭多發動攻擊，並讓布蘭塔克大人從後方支援就有充分的勝算！」

「那真是太好了。那麼，就利用朕的權限，發出討伐古雷德古蘭多的命令吧。」

克林姆露出洋溢著各種歡喜的笑容，並為了準備作戰而暫時告退。儘管其他人都被克林姆的表情嚇到，但與他交情匪淺的朕看得出來。

克林姆正久違地打從心底感到歡喜。

目送他離開後，朕冷靜地以統治者的身分，接連向家臣們下達命令。

首先是要布魯克納農務卿準備進行開墾作業和召集開墾土地的移民，再來是請艾德格軍務卿準備在討伐完古雷德古蘭多後進行掃蕩作戰和募集冒險者，以及要盧克納財務卿準備這些行動所需的執行預算。

雖然其他人都對這場作戰能否成功感到半信半疑，但只有朕一個人確信一定會成功。

那個克林姆居然要和打倒了不死族古代龍的少年，以及老練的布蘭塔克聯手。

可以的話，朕真想坐在特等席觀戰。

「真是令人期待。」

「就是啊。朕會為你和鮑麥斯特準男爵準備盛大的禮砲。」

朕想起和克林姆最後的對話。

突然成為準男爵，那位少年應該也面臨了不少麻煩，不過這也是天生就擁有力量者的宿命。

朕決定之後要盡可能庇護鮑麥斯特準男爵。

期待他能代替難以離開王城的朕，度過精彩的人生。這也是為了娛樂朕。

第八話 短暫的休假

「喔，還真是熱鬧呢。」

「這條商業街有許多各式各樣的商店。不只是王都的居民，這裡有許多客人其實是來自全國各地，或甚至鄰國的阿卡特神聖帝國呢。」

就在埃里希哥哥的結婚公告派對順利結束後的隔天，我們在埃里希哥哥與米莉安大嫂的帶領下，造訪王都內的商業街。

不愧是一國首都的商業街，這裡的規模遠比布雷希柏格盛大。

跟我的老家更是連比都不用比。

畢竟鮑麥斯特領地連店家都沒有。

「不好意思給妳添麻煩了，米莉安大嫂。」

「別在意。反正我丈夫這三天也不用上班。」

如果只有向教會報告，那似乎頂多只會請一天假，不過由於他們還為了準備結婚公告派對而累積了不少疲勞，因此之後應該想度過一段不受人打擾的夫妻時光。

新婚旅行是只有手頭非常寬裕的中堅以上的貴族或大商人才會舉辦的活動，住在都市的下級貴族或過著普通水平生活的平民，通常是請約三天的假，然後在自己住的都市內觀光或購物。

另外像我老家那樣的農村，則是連休假都沒有。

哥哥們在結婚後的隔天也會正常工作，這就是都市和鄉下間的差異。

「這裡的店真的好多。」

「對啊，明明布雷希柏格也算是滿大的都市。」

「畢竟光是人口就差了五倍以上，所以這也無可奈何。」

不愧是一國的首都，史塔特柏格是所有人都認同的大都市。

這裡不僅是政治和經濟的中樞，沒有領地的貴族也大多都住在這裡，知名的商會也一定都會將總部設在史塔特柏格。

對商人而言，在這裡設有總部也算是一種身分象徵。

再加上史塔特柏格的半徑兩百公里內，還有許多人口超過一萬人的城市，形成了一個堪稱首都圈的經濟圈。

「唉，不過也不是完全沒有缺點。」

「有什麼缺點？」

埃里希哥哥開始列舉王都的物價很高、一開始很難習慣人擠人、水的味道很差不能直接生飲等王都的缺點。

「再來就是在帕爾肯亞草原的阻礙下，無法進一步發展。」

帕爾肯亞草原似乎是王都周邊最後的魔物領域。

那裡有一頭被取名為古雷德古蘭多的老地龍，並數次擊退想討伐牠的冒險者和軍隊。

「要是能開發帕爾肯亞草原，首都圈應該能發展得更繁榮吧。」

按照埃里希哥哥的說明，如此一來就能整頓以前被帕爾肯亞草原截斷的道路，並開始開發穀倉地區，帶來無法估量的經濟效果。

埃里希哥哥的這部分，給人一種果然是財務官員的印象。

「不過，誰有辦法打倒那麼棘手的龍啊？」

「這只是假設的話題。好了，我們來享受購物吧。」

埃里希哥哥停止訴說艱澀的話題，和我們一起享受購物。

「艾爾，那把劍可以買嗎？」

「以價格來說，用的鋼還滿不錯的。埃里希先生，你也覺得該買吧？」

「這價格滿划算的。」

「埃里希哥哥連劍的品質都懂嗎？」

「有自修一點。咦？威爾以前也練過劍吧？」

「呃……因為我沒有這方面的才能，所以又改為用比較擅長的弓了。」

「唔哇……就這部分來看，我們果然是兄弟呢……」

從老家時代開始，我每天早上都會進行約一小時的基礎訓練，不過無論再怎麼想，我果然還是沒有劍術的才能。

反而是弓術方面還有點希望，而魔法只要有練習就會有回報，因此我現在幾乎沒在進行劍術訓練了。

說到這個，師傅留給我的那把能造出各種屬性劍刃的劍，也完全被我擱置了。

「你的魔力還有成長空間嗎？」

「嗯，我每天都能清楚感受到。」

我遵照師傅的指示，無論發生什麼事，每天都要毫不懈怠地邊坐禪邊冥想，進行鍛鍊體內魔力的修練。

「因為太過脫離現實，所以我也沒辦法說什麼。」

「畢竟王都沒辦法進行太誇張的魔法訓練。」

如果是在布雷希柏格，只要一到郊外就能毫無顧慮練習。但既然現在沒辦法這麼做，就能在室內進行讓魔力循環的冥想訓練。

就這方面而言，我真羨慕艾爾他們能在庭院裡訓練。

艾爾本人也經常以「這是貴族的基本修養」為理由，邀我一起進行劍術練習。

當然，我也總是以「如果有這種空閒時間，不如拿去進行魔法訓練」為由加以拒絕，我一定要特別強調——

就算讓我拿劍，也派不上任何用場。

「好耶！得到新的劍了！」

艾爾在購物時買到了新的劍，我則是只買了新的箭矢。

比起劍，我更常使用弓箭，所以買這方面的東西比較不會浪費。

埃里希哥哥平常似乎也沒什麼時間外出購物，因此買了幾件平常穿的便服。

至於女孩子們，她們三人似乎逛了好幾間的服飾店和飾品店。

會說「似乎」，是因為坦白講陪女性逛街實在太累，所以我們並沒有跟過去。希望這樣能讓那些女性逛得開心一點。

「埃里希哥哥不用陪米莉安大嫂嗎？」

「我之前有陪過一次，然後就學到教訓了。」

米莉安大嫂雖然是下級貴族出身，但平常並不會亂花錢。

相對地，她非常願意多走幾步路以尋找覺得划算的商品，這讓埃里希哥哥難以招架。

埃里希哥哥告訴我，他曾經在放假時陪米莉安大嫂逛商業區逛了半天以上，導致隔天去上班時整個人累癱在桌上。

總覺得這讓人聯想到熱衷於特賣會的家庭主婦……

米莉安大嫂平常明明是個讓人覺得溫和又柔順的女性，但「撿便宜」這個詞果然是所有女孩子共通的罩門。

再來就是「限定商品」和「特價品」吧？

「還有，她在找能將威爾當成賀禮贈送的寶石加工成飾品的店。」

這麼說來，我之前的確有將在未開發地找到的瑪瑙和翡翠原石當成賀禮，因此心花怒放的米莉安大嫂，似乎正急著尋找能將那些東西做成飾品的店。

「女孩子真的都很喜歡寶石呢。」

「那些原石到底是從哪裡……啊，原來如此。不過……那裡應該完全不會有問題吧。」

埃里希哥哥似乎已經察覺到那些原石是來自未開發地。

其實這樣並不是完全沒有問題，只不過我的老家鮑麥斯特家自己也沒精確掌握未開發地資源分布的狀況，所以根本無法證明我的盜採行為，應該說他們打從一開始就沒發現。

「如果是徒步去那裡，需要花費兩週的時間，而且中途還有許多狼群和熊。」

未開發地雖然沒有魔物，但有許多凶暴的野生動物。

「目前應該只有威爾有辦法去。父親他們甚至連地圖都沒做……」

在這個時間點，父親他們還無法主張權利，甚至連發現都沒發現。

「我記得那塊土地的權利，的確是屬於鮑麥斯特家……」

「雖然是屬於鮑麥斯特家，但大概要等到一萬年後才會開始開發吧？」

「再怎麼說也不可能這麼久……幾百年後應該差不多。」

「前提是王國願意出手幫忙吧？」

「單靠鮑麥斯特家是不可能的。這我的確可以斷言。」

埃里希哥哥篤定地說道。

基本上，目前有辦法抵達那裡的人類，就只有會使用「瞬間移動」的我。

即使其他還有約一百名會使用「瞬間移動」的魔法師，但如果想「瞬間移動」去未開發地，就必須先憑一己之力去過現場才行。

施術者只能移動到曾靠自己的力量去過的地方，就算曾被其他魔法師用「瞬間移動」帶過去，也無法記住那個場所。而除了自己外，「瞬間移動」一次最多只能再運送十個人加隨身行李。

由於我的技術還不夠純熟，因此包含自己在內只能移動六個人加隨身行李。

「這麼說來，威爾以後一瞬間就能來王都囉？」

「對啊。」

雖說是利用魔導飛行船，但我仍順利在沒使用「瞬間移動」的狀況下抵達王都。

「看來艾德格軍務卿，或許會認真想要你這個人才了。」

由於最多只能帶十個人，所以戰爭時很難靠「瞬間移動」顛覆戰況。

可是這項魔法還是能用在運送少數精銳的部隊和密探，且既然使用「瞬間移動」的都是魔法師，那自然也能攜帶魔法袋。

在鎮壓地方的內亂、裁定領地與特權的紛爭，以及討伐大規模的山賊時，因為能先將不含運輸隊的軍隊送過去，再讓能使用「瞬間移動」的魔法師負責補給，所以非常便利。

說到這裡，我才想起師傅過去也曾利用這個方法，在布雷希洛德藩侯遠征時一肩扛起補給的工作。

只不過就連天資聰穎的師傅，也無法學會「瞬間移動」。

「軍方會確保國內隨時都有數十名能使用『瞬間移動』的魔法師，而且只要有空就會讓他們在國內各地移動，增加能夠移動的地點。雖然不是馬上，但威爾應該也會被加入預備清單吧。」

除此之外，軍方似乎還確保了數十名擁有「遠距離通話」能力的人，只要擁有這種能力，就能和擁有相同能力者進行遠距離通訊。

就算不是魔法師，也能透過某種魔法道具進行「遠距離通話」，不過能製作這種道具的人非常稀少，因此總是供不應求。

當然軍方也有收集這些道具，將能使用「遠距離通話」的魔法師分派到各個部隊，也是為了保障王國安全的政策之一。

其實我以前也有從師傅那裡學到「遠距離通話」的魔法。

不過這種魔法只能和同樣會使用「遠距離通話」的魔法師對話，還必須事先和對方交換微量的魔力進行登錄。

如果說感覺就像是手機的紅外線通訊，應該會比較好懂。

不過以前我只認識師傅一位魔法師，所以學會這項魔法後就再也沒用過。

既然連布蘭塔克先生都不會用，這應該算是非常特殊的魔法吧。

話說回來，雖然布蘭塔克先生在行動時都表現得好像很清楚布雷希洛德藩侯的意圖，但他並非透過「遠距離通話」接受布雷希洛德藩侯的指示，而是事先討論好大略的方針，再依循那些方針自行判斷該如何行動。

這也是貴族的專屬魔法師，為何需要有一定的年齡和經驗最大的理由。無論哪個世界，有經驗的人都會受到禮遇。

「不過，威爾還未成年呢。」

既然我還要再過三年左右才會成年，應該不太可能和討伐龍的事情扯上關係。儘管我當時是這麼想的，但這樣的想法事後馬上就被推翻了。

「如何？威爾。好看嗎？」

「不愧是王都的店。衣服的品味也很棒呢。」

「雖然讚美衣服是無所謂，但你好歹也稱讚一下穿衣服的我吧。」

在男生們悠哉地結束購物返家後過了約一個小時，總算買完東西的伊娜和露易絲出現，並開心地換上買回來的衣服給我和艾爾看。

為了買這些新衣服，她們一定逛了好幾間店。

「不過你們買的還真不少呢。資金方面沒問題嗎？」

「等離開王都後，可能要改以狩獵熊為主了。」

「我要存很多錢，明年再來王都買衣服。」

我一直都覺得衣服只要穿起來不奇怪就好，但女孩子們似乎已經被王都最新的時尚感化了。

買最新的流行服飾非常花錢，伊娜之前還欠我錢……不對，露易絲已經先幫她還清了。

既然如此，之後就只能想辦法打一堆獵物了。

雖然因為這種理由被狩獵的動物們很可憐，但這個世界並沒有動物保護團體。

「威爾，可愛的女孩子們難得換了新衣服。這時候應該要稱讚她們才行。」

「米莉安大嫂，妳對小叔還真是嚴厲。」

「與其說是嚴厲，不如說是常識吧。」

儘管我有一點點同情那些將因為流行服飾被大量狩獵的熊，但和明天造訪我的不幸相比，這些

不過都只是小事。

「威爾，這件衣服怎麼樣？」

「好看好看。」

我先稱讚伊娜的連身裙。

「威爾，那我這雙鞋子呢？」

「很好看呢。」

然後換稱讚露易絲新買的靴子。唉，只要中規中矩地說「好看」就行了吧。

「你難道就沒有其他形容詞了嗎？」

「哈哈哈。威爾真沒用。露易絲倒是一開始穿的那件紅色衣服還不錯呢。」

「我明明就沒買紅色的衣服……」

「是這樣嗎？」

「看來艾爾的問題更嚴重呢。」

看來因為這種事根本無關緊要，艾爾的記憶力就不太可靠。

「威爾也沒資格說別人吧。」

「我只是詞彙不足而已。」

我和艾爾拚命動用為數不多的詞彙，稱讚伊娜和露易絲的新衣服，但最後還是沒辦法合格。

「艾爾和威爾是同類呢。」

「有點缺乏稱讚人的品味。」

在這方面，艾爾似乎和我半斤八兩。

第九話　強制從軍命令與討伐老屬性龍

「喔喔！這位少年就是艾弗烈的弟子，討伐不死族古代龍的勇者大人嗎！原來如此，小小年紀就散發出不可小覷的氣息呢！」

「（那個，布蘭塔克先生？）」

「（這男人還是一樣熱血得讓人受不了呢。）」

「（他很偉大嗎？）」

「（嗯，是王宮的首席魔導師。）」

就在大家一起去商業區購物的隔天，我突然被來自王宮的使者和數名騎士押進馬車，等回過神時，已經被帶到軍方位於王都郊外的駐軍地。

雖然感覺有點像是被綁架，但因為騎士們握有陛下的命令書，所以勉強不算綁架。畢竟姑且不論我對陛下忠不忠心，依然是他的家臣。

這個駐軍地，似乎是王都駐守軍平常用來訓練的場所。

構造簡單的小木屋、監視用的瞭望塔以及大型帳棚，看起來實在非常符合幻想風格世界的軍事駐軍地。

王國平常維持營運的軍隊，並沒有受到近來縮減軍備風氣的影響，人數意外地多。

因為這某方面來說，也算是提供給貴族子弟的救濟措施。

不過如果只是單純人數眾多，就會被貼上吃閒飯的標籤，因此平常的訓練似乎非常嚴格。

即使無法一次派出所有軍隊，但像這樣輪班到郊外進行野外演習，似乎是王都駐守軍例行的活動。

我搭乘的馬車，在散布於駐軍地的其中一間小木屋前面停車。

站在入口的衛兵催我進門後，我便發現熟悉的布蘭塔克先生，和另一位身高超過兩公尺的中年壯漢已經在屋內等待。

而且這位大叔明明全身都是肌肉，身上穿的卻是長袍，手上還拿了一根大到讓人以為是堅硬鈍器的魔杖。換句話說，他既不是武術家也不是戰士，而是一位魔法師。

可是不管怎麼看，比起使用魔法，還是讓他用那把魔杖直接打昏敵人比較快……

雖然我一瞬間以為是偽裝，但既然他是布蘭塔克先生的熟人，那應該真的是魔法師吧。

而且還是王宮首席魔導師。

突然跑出一個肌肉武鬥派魔法師，讓我不禁啞口無言。

因為那個人簡直就和師傅完全相反。

「（王宮首席魔導師？布蘭塔克先生？）」

「（這個嘛……）」

魔法師和魔導師的差異是什麼？關於這個問題，看起來似乎只是稱呼方式的不同。

不過兩者之間存在著極大的差異。

在被王國選上並僱用的魔法師中，魔導師算是菁英中的菁英。

雖然對找不到侍奉王國有何意義的人來說，或許會覺得非常滑稽，但從世間的眼光來看，再也沒有比魔導師更值得信賴的人了。

當然王國貴族與官僚們也非常受到社會的信賴，但魔導師又更上一層。而且即使不是貴族，也可能成為魔導師。

倒不如說正因為需要魔法的才能，所以就算是貴族，也拿這個條件沒辦法。

因此魔導師才會廣受世間的尊敬。

而且眼前這位大叔還是王宮首席魔導師。

他的厲害和偉大非同小可。

就算外表看起來只是個全身肌肉的大叔。

「你該不會是在緊張吧？不過沒有這個必要。因為在下和少年接下來將一起並肩作戰。」

「要戰鬥嗎？」

「沒錯，為了讓王國能夠更進一步發展，我們要解放長年被古雷德古蘭多占據的帕爾肯亞草原。」

帕爾肯亞草原和古雷德古蘭多。

令人難過的是，因為我昨天碰巧才從埃里希哥哥那裡得知現況，所以馬上就明白自己為何被找來這裡了。

看來我和布蘭塔克先生，似乎得和一個叫古雷德古蘭多的強悍魔物戰鬥。

光看名字就讓人覺得很強。不過，召集現在的我和魔物戰鬥，應該算是違反規則吧。

畢竟今年十二歲的我還未成年。

未成年人不能進入魔物居住的領域。

所以我們才會在預備校過著訓練和正常狩獵的日子。

「那個，我還未成年……」

我試著以未成年當理由拒絕參加討伐古雷德古蘭多的行動。

真要說起來，就連那場和古代龍的戰鬥，我都是為了保護魔導飛行船與自己才不得不應戰的。

正當防衛、緊急避難。不管用什麼說法都好，因為第一次戰鬥就遇到那種對手，所以我暫時不想再看見龍。

應該沒有人會喜歡突然被叫出來和龍戰鬥吧？

至少我不是那種被虐狂。

「你完全不需要擔心這種事！」

「那個……請問是什麼意思？」

這位情緒莫名高昂的大叔，斷言就算我未成年也完全不會有問題。

「一般而言，讓未成年者進入魔物居住的領域的確違反規定！不過因為少年你是貴族，所以沒有問題！」

「啊，原來如此……」

看來一起參加的布蘭塔克先生似乎想到了什麼。

他瞄了我一眼後，露出同情的表情。

「少年是鮑麥斯特準男爵家的當家！有時候就算未成年，貴族還是得遵從陛下的命令從軍！這次討伐古雷德古蘭多的行動，是由陛下親自向王都駐守軍下達的軍事行動！」

「……」

肌肉大叔說的話，以一個王國貴族來說似乎非常正確。

但這對才剛獲得爵位的我來說，根本是青天霹靂。

「放棄吧。我也收到了來自領主大人的從軍命令。」

值得同情的是，布蘭塔克先生似乎也收到了布雷希洛德藩侯的命令，無法拒絕參加討伐古雷德古蘭多的行動。

「感覺布蘭塔克先生的運氣也不太好呢。」

「或許是被你的不幸體質傳染了。」

「這是為什麼呢？總覺得聽起來不像在開玩笑……」

「我有一半是認真的。」

「……」

徹底無路可逃的我，再度和布蘭塔克先生一起踏上討伐龍的旅程。

難道我就不能希望有人能代替我嗎？

＊＊＊

「哇哈哈哈哈哈！牠的個頭還是一樣大呢！」

「好大……」

「雖然比那隻古代龍小，但還算滿大的。」

在經歷那場與肌肉導師命運的相遇後，又過了一個多星期。

我、布蘭塔克先生和阿姆斯壯導師一同施展「飛翔」魔法，在帕爾肯亞草原中心區附近的草原地帶上空飛行。

王國軍動員了占王都駐守軍六分之一的一萬名軍隊，在郊外的駐軍地進行編隊，並於準備好需要的物資後，在靠近領域的地方建構陣地。

這是因為若讓太多軍隊進入領域，可能會刺激到魔物並引發大規模戰鬥，所以按照作戰計畫，他們要等我們打倒古雷德古蘭多後才會進入領域。

雖然我覺得就算打倒古雷德古蘭多，魔物的數量也不會改變，但古雷德古蘭多近似統治這塊領域的頭目，牠不僅君臨這裡的食物鏈頂點，還能利用其他魔物對牠的恐懼，自由地操控牠們。

因此只要古雷德古蘭多一死，魔物們便不會採取集團戰鬥，能夠以較為安全的方式將牠們各個擊破。

即使如此，也不可能完全不出現犧牲，但至少比頭目還在時要好上好幾倍。

再來就是草原和森林與山地不同，能夠展開大軍發揮集團戰的優勢，而且這座帕爾肯亞草原的魔物，好像也比其他領域的魔物稍微弱一點。

這裡似乎是個即使只有少數冒險者也能狩獵，相對適合新手的領域。

「那麼，我們就盡快送古雷德古蘭多上西天吧！」

託「飛翔」魔法的福，我們已經來到能俯瞰古雷德古蘭多的上空，但古雷德古蘭多似乎看我們非常不順眼。

牠發出震耳欲聾的咆哮恫嚇我們。

「導師？」

「那麼，我們開始吧！剩下就是力與力的衝突！」

結果最後的作戰，是要由我們三人來打倒古雷德古蘭多。

面對眼前這股滿溢而出的暴力，無論擬定再怎麼詳細的作戰計畫都沒用。

基本上，在領域外面待命的王都駐守軍，以及從冒險者總部臨時徵召的約兩千名冒險者傭兵部隊，都不會參與和龍的戰鬥，這是因為即使草率地讓他們參加，也只會增加不必要的犧牲。

無論是什麼屬性，人只要正面被龍的吐息擊中，就會當場死亡。

因此就算讓無法應對吐息的人參戰，也只會平白增加犧牲者。

於是最後就決定讓我們三人充當精銳的刺客，與古雷德古蘭多戰鬥。

順帶一提，可憐的是艾爾他們因為是我的家臣，所以必須以鮑麥斯特準男爵家軍的名義，召集兵力參加魔物討伐戰。

理由似乎是基於貴族特有的複雜狀況。

就在駐軍地的士兵們準備出擊時，埃里希哥哥前來造訪，他通知我必須組織一支鮑麥斯特準男爵家軍和軍方一起出征，並希望我能為此出資。

幸好埃里希哥哥也以副將兼參謀的身分參加了這次的行動，因為全部交給他處理比較輕鬆，所以我就寄了一億分在他那裡。

如果是埃里希哥哥，應該不會趁機染指我的錢。

「少年，你專心累積『龍捲風刃』需要的魔力！布蘭塔克大人，請你隨時準備施展『魔力補充』！」

「了解！」

「交給我吧。」

事到如今，我也只能下定決心，打倒這頭巨大的老屬性龍了。

按照作戰計畫，我必須持續利用「飛翔」魔法與古雷德古蘭多保持一定的距離，並施展戰略級的風系統魔法「龍捲風刃」。

其實這世界的魔法名稱相當曖昧。

對有才能的魔法師來說，消耗自己的魔力將腦中想像的現象付諸實現不過是件理所當然的事情，但現在距離古代魔法文明時代已經有好幾萬年，過去的先人們想出的大量魔法，大多也都以參考書的形式被保留了下來。

例如只要一提到火系統的魔法，應該大部分的魔法師都會想到「火炎球」。

再來就是「火之箭」、「火之壁」與「炎蛇」。

擁有魔力者，是透過參考前人遺留的數量龐大但記述微妙不同的資料，或是師傅的教誨，逐漸以最適合自己的方式學會魔法。

在詠唱魔法方面，有些人選擇不詠唱，有些人選擇詠唱咒文，甚至還有人會配合術式唸出詩一般的短文。

有些更厲害的人，甚至還會以誇張的方式跳舞或擺姿勢。

總而言之，就是以適合自己的方法，將魔法化為現實。

順帶一提，我是無詠唱派的。

雖然我以前也曾想過擺出誇張的姿勢，或是嘗試詠唱充滿中二病風格、像詩一般的咒文，但太過難為情的結果，就是施展出來的魔法威力都不怎麼樣，因此現在已經不再採用那種方式。

在我還只有十歲時，經常想出「回應我的指引吧，燒盡敵人的紅蓮火炎～」之類的句子，但那些東西就類似中二病重患者的病歷。

『還是無詠唱的方式最好。唸出來可能會被對方猜到咒文的性質。』

『誰唸得出那種難為情的臺詞啊。這樣只會降低魔法的威力！』

師傅和布蘭塔克先生都是這種類型，成為他們的弟子果然是正確的。

我們都是俗稱的無詠唱派——姑且不論這種派閥是否實際存在。

回到原本的話題，這次的對手古雷德古蘭多，顧名思義地是土屬性的屬性龍。

這個世界的魔法，可以分成火、水、土、風這四個基本系統，另外還有很少人會使用的「聖」，以及幾乎已經被當成傳說、由魔族使用的「暗」系統。

除了特殊系統以外，基本的四個系統都有各自擅長和不擅長的屬性，簡單來講就是類似猜拳的關係。

火不擅長應付水，水被土剋，土被風剋，風被火剋。

由於古雷德古蘭多是土系統的屬性龍，因此我們打算讓我施展威力強大的戰略風系統魔法「龍捲風刃」，一口氣擊倒牠。

正確來說，這是阿姆斯壯導師想出來的作戰。

在作戰開始前。

「如果只看魔力量，少年已經勝過在下。畢竟在下的魔力量，原本就只比艾弗烈多一點點。因此最後一擊就交給少年吧。」

於駐軍地紮營的野戰陣地裡，阿姆斯壯導師向我說明作戰內容。

「就用少年能使出的最大級風魔法，一口氣葬送古雷德古蘭多。」

「這是個好方法。畢竟小子曾經用濃密的『聖光』，讓變成不死族的古代龍升天。所以這麼做的勝算還滿高的。」

「既然布蘭塔克大人也贊成，那就沒問題了。」

布蘭塔克先生也贊成阿姆斯壯導師的作戰。

「不過，施展這個魔法很花時間。」

要是在累積足夠的魔力之前就施展出不上不下的魔法，無法給古雷德古蘭多致命一擊就沒意義了。

我告訴大家，至少需要兩分鐘的時間準備。

在累積魔力的部分，這次其實比上次在魔導飛行船上時還要有利。

「兩分鐘啊。」

根據我的計算，如果要確實葬送古雷德古蘭多，至少要花兩分鐘施展「龍捲風刃」。

要是我在過程中遭到吐息攻擊，因而被迫展開「魔法障壁」，就會讓累積魔力的速度變慢。

而之前和古代龍戰鬥時，對布蘭塔克先生會確實保護魔導飛行船有份信賴感，所以我在精神狀況方面相當放鬆。

「若只要兩分鐘，那在下可以全力戰鬥沒問題。少年就保持距離準備『龍捲風刃』。在下會全力與古雷德古蘭多戰鬥。布蘭塔克大人，我希望你能擔任預備戰力，萬一在下的魔力耗盡，到時候就麻煩你幫忙補充魔力了。」

「交給我吧。」

「魔力補充」，顧名思義地就是將魔力分給他人的行為。

不過會使用這種特殊魔法的魔法師並不多。

不對，正確來講，所有人都能使用，只不過在將魔力分給他人時，會產生龐大的耗損。

正常的魔法師就算使用一百的魔力，也只能替別人補充五的魔力。

因此不用多久，自然就會做出與其分給他人，不如自己拿來使用魔法的結論。

然而布蘭塔克先生使用一百的魔力時，卻能替別人補充九十五以上的魔力。

這可以說是非常稀有的才能。

畢竟這個「魔力補充」的魔法，就連師傅和我都學不會。

以上級魔法師來說，布蘭塔克先生的魔力量算是偏低的類型。

不過由於他會使用這些其他魔法師幾乎都不會用的魔法，因此就連阿姆斯壯導師都對他另眼相看。

老練又「高明的魔法師」，這就是周圍的人對他的評價。

「不能直接換手，讓布蘭塔克先生去戰鬥嗎？」

「如果是職業時期還有可能，但現在應該沒辦法了。」

所以他才會負責替阿姆斯壯導師補充魔力。

「不過實際上應該不必補充吧。我真的只是在後方待命而已。」

「光是布蘭塔克大人願意在後方坐鎮，就已經相當有幫助了。」

阿姆斯壯導師說的沒錯。

在有點嚴厲的條件下挑戰強敵，並且勉強獲勝。

如果是小孩子看的英雄故事倒還無所謂，在實際的戰鬥中將自己逼到這種程度，只能說是愚者的作為。

既然我和布蘭塔克先生兩個人就能討伐古代龍，那加上阿姆斯壯導師後，應該有相當大的機會能夠打倒屬性龍。

既然如此，就應該擬定更加確實的作戰。

「雖然即使在下一個人應戰也有六成的勝率，但身為王宮首席魔導師，這麼做實在太不負責任了。」

阿姆斯壯導師在王國被譽為五百年才會有一人的傑出人才。

此外他的家世良好。由於他是伯爵家的次男，其他貴族也很少會嫉妒或妨礙他。再加上他本人的性格就像這樣大而化之，他既沒打算累積多餘的個人財產，也不會做出因為權力慾太強，而設法組織奇怪的派閥讓自己出人頭地的蠢事。

儘管外表看起來只是個肌肉男，但聽說他的頭腦意外地好，對政治也有一定程度的理解。

按照埃里希哥哥的說法，他還是陛下最信賴的家臣。

在我們被叫去郊外的駐軍地時，埃里希哥哥還特地跑來找我告訴我這些情報，這讓我再次確認埃里希哥哥果然不論內在或外在都是個帥哥。

唉，雖然其實他來找我的主要目的，是商量組織鮑麥斯特準男爵家軍的事情。

「說的也是。要是你現在死了，陛下會很困擾吧。」

「就是啊，所以我真的很感謝少年和布蘭塔克大人。」

在經過以上的對話後，最後就只由我們三人和古雷德古蘭多對峙。

阿姆斯壯導師率先衝到古雷德古蘭多面前，用雙手舉起那支巨大的魔杖後喊出：

「『魔導機動甲冑』！著裝！」

接著包含臉部在內，阿姆斯壯導師全身都被漆黑的全罩式甲冑包覆。

原本拿在手上的魔杖也變成一支巨大的鐵鎚，看不見原本的鮮紅魔晶石。

「什麼！」

「唉，就跟你看見的一樣。」

浮在斜後方的空中累積「龍捲風刃」的魔力的我，立刻悄聲向同樣浮在空中的布蘭塔克先生吐出疑問。

「那是將魔力物質化的特殊魔法。防禦力遠勝『魔法障壁』。魔杖也在物質化後變成鐵鎚，提升了威力。」

除此之外，「飛翔」魔法的速度堪稱王國第一的阿姆斯壯導師，還將身體能力強化到極限。

簡單來講，他的戰鬥方式就是發揮壓倒性的戰鬥能力，直接摧毀敵人。

阿姆斯壯導師隨心所欲地玩弄著古雷德古蘭多，不斷以鐵鎚毆打牠的頭、手與腳，隨機對龍的全身造成傷害。

他的攻擊每擊中一次，就會發出討厭的碎裂聲。

因劇痛而震怒的古雷德古蘭多，接連發出彷彿要撕裂空氣般的咆哮。

「好厲害……」

「還早呢，他的實力可不只這樣……」

不過，古雷德古蘭多也沒有一直乖乖挨打。

牠掌握了阿姆斯壯導師移動的規律，將尾巴揮向牠預測阿姆斯壯導師會經過的位置。

正常人要是挨了那一擊，一定會像水球那樣爆開。

「危險！」

「放心啦。」

布蘭塔克先生看起來一點都不擔心，實際上也真的完全沒有擔心的必要。

或許是早就看穿了龍的攻擊。

阿姆斯壯導師抓住古雷德古蘭多高速揮動的尾巴，直接將牠龐大的身軀給扔了出去。

「真的假的！」

「物質化的甲冑，終究只是用來防禦。真正厲害的，是那無比強大的『身體能力強化』魔法。」

更驚人的還在後頭。在被丟出去的古雷德古蘭多重新站起來後，阿姆斯壯導師又接連對牠放出蛇形的風魔法。

土屬性的古雷德古蘭多的弱點，就是風屬性的魔法。

古雷德古蘭多身上的傷口逐漸增加，有幾個地方甚至開始出血。

「少年！準備好了嗎！」

「呃，可以了！」

雖然這副充滿衝擊性的光景讓我忍不住看傻了眼，但我當然沒忘了累積魔力。

由於已經過了兩分多鐘，我累積了足夠的魔力。

我在確認阿姆斯壯導師已經迅速退開後，施展「龍捲風刃」的魔法。

這個名叫「龍捲風刃」的魔法，顧名思義就是先以龍捲風包圍目標。

接著龍捲風內會不斷產生風屬性的銳利刀刃，連續傷害目標。

每當身上多了一道傷口，古雷德古蘭多就會發出咆哮，接著龍捲風逐漸被染成紅色。

牠流的血被捲入龍捲風，讓那道紅色慢慢變濃。

而龍捲風的紅色變得愈濃，就表示古雷德古蘭多體內的血液變得愈少。

「看牠是要被砍死，還是要因為出血過多而死嗎？小子也相當殘忍呢。」

「這可是師傅的招式喔！」

「那傢伙也總是一臉若無其事地對魔物使出狠招。」

在那之後過了幾分鐘，伴隨著一陣強烈的地震，體內的血液幾乎已經流乾的古雷德古蘭多不支倒地。

即使是地上最強的生物，失血過多後還是會死。

「不愧是屬性龍。不會因為割傷而死。」

「的確。那麼……」

雖然古雷德古蘭多已經死了，但事情並未這樣就結束。

我靠近仍在旋轉的紅色龍捲風，這次換開始使用水系統的魔法。

「你在幹什麼？」

「因為龍血很值錢啊。」

其實關於這次討伐古雷德古蘭多的行動，王國並沒有提供任何報酬。

因為是基於貴族的義務從軍。

既然平常有透過年金或領地獲得收入，那必須工作來償還這份恩情也是無可奈何，不過貴族也經常因為沒有報酬而在戰場上進行掠奪。

即使這是不好的事，但王國在財政方面也沒有頒發獎金給貴族的餘裕，所以只好默認這樣的行為。

最近兩百年來都沒發生過戰爭，因此也沒有出現掠奪行為，這次的對手又是魔物，對魔物展開掠奪也很奇怪。

取而代之的是，只要是有參加這次討伐古雷德古蘭多的行動，或之後將在帕爾肯亞草原展開的魔物殲滅作戰的士兵，都能獲得某樣獎賞。

那就是能獲得自己狩獵到的魔物素材的所有權。

魔物的素材能賣到非常高的價格。

因此聽說參加這次作戰的士兵們都非常期待。

由於這次也召集了大量的冒險者，雙方的競爭意識讓大家更加鼓起幹勁。

雖然這次的作戰既血腥又會出現犧牲者，但士兵們能透過販賣魔物素材獲得的臨時收入，和家人或戀人稍微奢侈一下，獲得素材的商人和公會也能藉此製作各式各樣的商品販賣。

王國的稅收也會上升，更重要的是曾為魔物領域的帕爾肯亞草原在獲得解放後，將成為廣大的穀倉地區。

這麼一來，隨著農地逐漸開發，穀物的生產量也會增加。

至今只能靠狩獵取得的肉類，也能透過利用那些穀物和草原的草從事畜牧活動來增加。
由於王都的糧食自給率很低，因此那些過去提供穀物給王都的遠方貴族，販賣穀物的收益或許會減少，但他們只要改將靠畜牧取得的肉類賣給鄰近的居民，就能獲得利益。
從經濟的觀點來看，再也沒什麼比交易額增加更令人高興的事情了。
「事情就是這樣，龍血我收下了。」
我用水魔法將被捲入龍捲風裡的血集中到一個地方再凍結起來，將那個冰塊收進魔法袋內。
「小子，你還真能幹呢。」
「因為我師傅的師傅，是個非常能幹的人。」
應該說這是經驗的力量。
自從我開始定期接受布蘭塔克先生的指導後，就學會了許多像這樣既方便又充滿合理性的魔法。
布蘭塔克先生也曾對我坦言，事到如今不會再像師傅那樣將指導的重點放在魔法的基礎和威力上。
他對我說這方面的事情應該自己去做。
「再來是古雷德古蘭多的屍體。」
不只是血，龍的身體沒有不能利用的部分，不管是哪個部分都能賣到高價。
因此我迅速地將古雷德古蘭多收進魔法袋裡。
魔法袋裡面沒有時間流逝的問題，這樣就能事後再請公會幫忙解體。

就算是我，也無法輕易解體龍，要是不小心在這上面花了太多時間，就會害肉的品質降低並影響價格。

這種事還是應該交給專家來做。

「阿姆斯壯導師，賣掉古雷德古蘭多獲得的利益，是由我們三個人平分吧？」

「在下對此沒有意見。話說，那個『龍捲風刃』還真是厲害呢。單就威力來看，應該已經超越艾弗烈了。以後也不能過於傲慢，要努力修行喔。」

「是的。」

「那麼，既然古雷德古蘭多已經被打倒了，這附近暫時應該不會有魔物過來。今天就先在這裡露營，準備從明天開始狩獵魔物吧。」

「咦？」

「你剛才說什麼？」

阿姆斯壯導師出乎意料的發言，讓我和布蘭塔克先生都嚇了一跳。

這次的任務，應該只有打倒古雷德古蘭多，讓軍隊和冒險者能執行魔物殲滅戰，要是我們擅自出手，只會搶走他們的工作。

「就算打倒了古雷德古蘭多，剩下的魔物數量還是很多。所以如果我們不幫忙，或許會造成無謂的犧牲。期待各位明天以後的奮鬥。」

「我還未成年，而且沒有狩獵魔物的經驗……」

「小子第一次和第二次戰鬥的魔物都是龍，所以已經累積了非比尋常的經驗。不過我早就退休了……」

「只要三人一起聯手，這些都是小問題。」

結果在那之後的一個星期，我們三人都在帕爾肯亞草原四處奔波，傾盡全力狩獵許多魔物。

＊　＊　＊

「那個，也讓我去狩獵一下魔物……」

「艾爾文是威爾的代理人，所以想也知道不能讓你上前線。」

「如果不讓我去，我會沒辦法還威爾……不對，沒辦法還露易絲錢啊。」

「雖然我能理解你不想欠女性錢欠太久的心情。不過當代理人也有薪水，難道就不能靠那筆錢解決嗎？」

「那個薪水有到一枚金幣嗎？」

「……」

「埃里希先生！不要在這時候不說話啊！」

這段期間，艾爾他們似乎也被迫擔任不習慣的鮑麥斯特準男爵家軍代表，過著胃痛的日子。

中場一　鮑麥斯特準男爵家諸侯軍組成的經緯

「威爾又打倒了一頭龍。」

「真辛苦……」

我，伊娜·蘇珊·希倫布蘭德，和好友露易絲一起認識的威德林·馮·班諾·鮑麥斯特，是個不得了的優秀魔法師。

我們最初的相遇，是在遭狼襲擊時被他所救，而前陣子在搭乘飛往王都的魔導飛行船時，他也幾乎是憑一己之力，就擊敗了突然來襲的天災等級的威脅——「不死族化的古代龍」。

然後，王國買下了高價的巨大魔石和骨頭，並基於討伐龍的功績封他為準男爵。

在布雷希洛德藩侯家中，總是在暗地裡被用「山另一頭的貧窮騎士家」或「窮鬼騎士」嘲笑與侮蔑的鮑麥斯特家的八男，居然晉升為準男爵了。

就算他擁有魔法的才能，這或許也能算是青天霹靂的大事。

「不過，威爾那傢伙逐漸出人頭地了呢。」

雖然這對有才能的人來說是理所當然，但站在艾爾的角度，應該會感到擔心吧。

即便艾爾擁有劍術的才能，但只要去王都的騎士團，隨便就能找到一堆實力超越他的劍士。

我也一樣，能在槍術方面贏過我的人非常多。

露易絲比較特別，但我覺得她之所以一有空就纏著威爾，也是因為感到擔心。

我懷疑露易絲是以一位女性的身分，對威爾抱持好感。

威爾既有魔法的才能，又有財力。

雖然擁有平均身高的他，經常說自己的臉「完全比不上埃里希哥哥」，但應該還是有平均以上的水準。

倒不如說，就算在布雷希洛德藩侯家裡，也很難找到像埃里希先生那樣的美男子。

只能說威爾居然拿自己和他比較，實在是太魯莽了。

「麻煩的事情也一併增加了。」

露易絲說的沒錯，這幾天下來，我們已經非常清楚為什麼盧德格爾先生會說就算只是形式上也好，要我們擔任威爾的家臣了。

『吾名為赫克托．馮．普林斯罕，是普林斯罕騎士爵家三男，在劍術方面無人能出吾右！』

『在之前蘭克家與奧特曼家針對領地界線產生小衝突時，我曾讓敵方的三名騎士陷入無法戰鬥的狀態！』

『我是艾爾斯海姆男爵。為了慰勞在這次的古代龍事件中大為活躍的鮑麥斯特卿，我在家裡舉辦了一場派對。說來真是巧合，我剛好也有個妹妹今年滿十二歲……』

『我想威德林大人應該會需要一位照顧他生活起居的女僕。請務必讓我們艾格爾梅商會為他介紹一名好女孩。其實對象就是我的女兒，就算將父母的偏袒放在一邊……』

事情是從威爾被敘勛的隔天開始發生。

然後一直到今天都還沒結束。

『看我的必殺技，槍術大車輪！』

今天在布朗特家的門前，出現了一名不曉得是想表現自己還是想搞笑，展示莫名其妙招式的流浪者。

雖然我很清楚做這種事情不能太低調，但如各位所見，也不是只要顯眼就好。

總覺得布朗特家前的風好像變強了。

威爾晉升為準男爵後，就跑來了一堆志願擔任家臣的人、想將自己的女兒或姊妹嫁給他的貴族，以及用女僕當藉口介紹妾的人。

之所以有許多商會的當家前來，是因為他們想設法成為貴族家的御用商人，以藉此增加自己的財產。

雖然一般在這種情況下，那些人會比較喜歡有領地的貴族，不過威爾就算沒有領地，身上還是有一大筆錢。

要是能成為鮑麥斯特準男爵家的御用商人，並讓威爾委託管理資金會怎麼樣？

按照艾戴里歐先生的說法，威爾現在已經是就連宮廷商人等級都會想要出手的優良目標。

於是為了迴避這一堆亂七八糟的人，艾爾表面上成了侍從長，而我和露易絲則成了護衛兼女僕。

再來要是能讓周圍的人，擅自把我們想成是威爾的妾就更好了。

話說回來，我應該不用穿女僕裝吧？

『我覺得各位在和鮑麥斯特卿一起行動時，應該就已經做好了這種程度的覺悟……』

儘管語氣恭敬有禮，盧德格爾先生講的話依然嚴厲。

既然我們至今曾因為和威爾一起行動而獲得好處，那當然應該連壞處也一併承擔。

盧德格爾先生說的話就是這個意思。

『看來我得開始學習怎麼指揮軍隊了。』

艾爾似乎已經做好了以威爾家臣的身分生活的覺悟。

他的樣子看起來並沒有特別動搖。

『我是當威爾的側室？或是妾？』

至於露易絲，好像只要能待在威爾身邊就心滿意足了。

身為陪臣的女兒，她似乎從一開始就沒抱持著自己能成為威爾正室的天真夢想。

『伊娜小姐打算怎麼做？』

『我……』

威爾從一開始相遇時起，就對我們非常寬容。

雖然這也能算是撒嬌，但我一直過度依賴他的寬容。

不過我和露易絲不同，我既沒辦法對他表現出撒嬌的態度，也無法好好和他對話。

威爾一定也覺得我是個無趣又嚴肅的女孩。

『我是覺得你們目前只要當鮑麥斯特卿的隊伍夥伴兼家臣就行了。』

此時向我搭話的，是威爾的哥哥埃里希先生。

『這有一部分也是因為我的疏失。』

雖然威爾的才能並沒有讓家人因此虐待他，但他似乎和家人保持互不往來的關係，並持續了六年以上。

『在那些年裡，該說是他小小年紀，就莫名地習慣一個人生活，還是說他刻意不想和其他人扯上關係呢。坦白講，我甚至沒預料到他會帶你們一起過來參加婚禮。』

埃里希先生似乎還曾經煩惱過要不要把威爾帶到王都，自己將他照顧到成年。

可見威爾的哥哥和父母，都將他看得多麼危險。

當然，明明還只是個小孩子，卻莫名懂事地接受這一切的威爾自己也有責任。

『你們和威爾都還只是小孩子。目前只需要暫時對外做做樣子，然後用跟以前一樣的方式來往就好。』

這句話，讓我覺得釋懷了不少。

只不過幾天後，同一個人卻為那個孩子帶來了棘手的工作。

「鮑麥斯特準男爵家諸侯軍？」

「我也不想贊成，不過如果不組織，在各方面又會很麻煩。」

就在威爾收到王國的命令，被帶去王都郊外的駐軍地後的隔天。

我早上起床後一到餐廳，埃里希先生就開啟了這個話題。

內容是以我們為中心，組織諸侯軍的事情。

「為什麼這麼突然？」

「雖然遺憾，但如果不組織會無法收拾狀況。」

說著說著，埃里希先生拉開客廳的窗簾，在我們借住的布朗特家外面，聚集了許多人潮。

「是想來找工作的人嗎？」

「不對，幾乎沒有那種人。」

這是因為我們的存在，已經在這幾天內傳開了。

除了少部分的例外，現在已經很少有人跑來這裡求職了。

取而代之的是，這次又出現了別的問題。

「借戰兵？」

這個第一次聽見的詞彙，讓我忍不住困惑地問道。

「首先，要從威爾為什麼會被叫去開始說明。」

埃里希先生，似乎是收到了來自宗主蒙傑拉子爵的聯絡。

王國最偉大的人，打算解放王都附近的魔物領域，並命令威爾消滅支配那裡的屬性龍。

至於其他的成員，好像是和威爾一樣被牽連進來的布蘭塔克大人，以及王宮首席魔導師。

「作戰計畫是讓那三人負責討伐屬性龍，然後再派軍隊和志願的冒險者殲滅失去統帥的魔物。」

參加作戰的軍隊，是從王國軍的王都駐守軍挑選出來的精銳。

剩下的人手則是由冒險者公會進行招募，並只讓對自己有自信的人參加。

「你們有沒有覺得好像少了什麼？」

「這麼說來……」

上次戰爭，已經是兩百多年前的事情了，王國在戰爭時，除了王國軍以外，通常還會指名貴族組織諸侯軍參戰。

「沒錯，明明王都周邊也有擁有領地的貴族，他們卻沒收到出兵命令。你們知道這是為什麼嗎？」

「呃……因為如果他們立了戰功，就必須賜予獎賞嗎？」

「正確答案。」

王國是為了將廣大的穀倉地區納為直轄地，才決定實行這次的作戰。

要是讓多名貴族參戰，萬一他們全都立下了戰功……

可能就不得不考慮賜予他們領地作為獎賞。

「雖然王國軍內也有貴族，但通常都不是當家，再不然就是名譽貴族的當家。」

針對戰功的獎賞，有機會只靠勳章和金錢搞定。

而且那些人與其說是以貴族身分，不如說是以王國軍軍人的身分參戰，所以獎賞也可以靠金錢或提升在軍中的地位解決。

至於冒險者就更不用說了，從一開始就只是針對打倒的魔物數量頒發獎金。

「不過，會有人想要離自己的領地很遠的零散土地嗎？」

「只要讓次男或弟弟之類的家人繼承就行了。」

埃里希先生迅速回答艾爾的疑問。

原來如此，即使是從緩和繼承糾紛和一族的發展來看，也算是不錯的想法。

「咦？不過，威爾是以貴族身分參加吧？」

按照現行法規，未成年人被禁止進入魔物的領域。

這次之所以能夠動員未成年的威爾，是鑽要求貴族在戰爭期間幫忙出兵時，不必在乎當家年齡的漏洞。

「沒錯，他是以貴族身分參加。」

既然有貴族被動員，當然就會有人想到那位貴族可以帶兵。

「雖然因為對手是屬性龍，所以應該會是分開行動。」

當家在最前線與屬性龍戰鬥，諸侯軍在後方與魔物戰鬥。

似乎會變成這樣的分擔。

「王宮首席魔導師大人雖然是男爵，但他也同時是陛下個人的好友兼最受信任的家臣。所以當然不會不知道陛下的意圖。」

身為男爵的他，似乎沒有做出不看氣氛，光明正大地組織諸侯軍出擊這種事情。

至少埃里希先生的宗主蒙傑拉子爵沒掌握到這方面的消息。

「因為王宮首席魔導師大人是名譽貴族，所以沒這麼容易召集到足以組織軍隊的士兵。」

就這方面而言，答應派遣布蘭塔克大人參戰的布雷希洛德藩侯大人也是如此。

雖然他在王都也有房子，但人員只有幾名常駐的家臣、負責警備的士兵，以及幫忙維持屋況的傭人。這樣根本無法組織諸侯軍。

站在王國的立場，讓布雷希洛德藩侯大人派出諸侯軍只會造成困擾，所以才只借用布蘭塔克大人。

「要是答應讓布雷希洛德藩侯大人的諸侯軍參加，其他藩侯會很囉唆。」

可想而知，大家一定會爭先恐後地參戰。

「所以最後剩下的就是威爾嗎？」

陛下從頭到尾都沒叫威爾一個人去。

這麼一來，也可以解釋成只有威爾能夠率領軍隊。

是因為考慮到威爾剛當上準男爵就突然收到出擊命令，所以認定勢力尚未穩固的他無法派出多少士兵？還是刻意這麼做的呢？

回到一開始那些借戰兵的話題，貴族子弟或流浪者暫時加入鮑麥斯特準男爵家的軍隊，如果表現活躍，就能增添自己的資歷和獲得表揚狀。

這就是被稱做「借戰兵」的制度。

說是制度，或許也有點不正確。

因為對王國來說，如果被動員的貴族諸侯軍太少會無法構成戰力，所以應該說這種行為是被默認比較正確。

「借戰的一方，是為了追求戰功、名譽和獎賞。」

就這次的狀況來說，不僅能狩獵大量魔物獲得報酬，立下的戰功在經過評價後，也能獲得表揚狀。只要表現得好，或許還會被支援的貴族家挖角，在求職時，表揚狀也和介紹函一樣有加分效果。

反倒是鮑麥斯特家這邊，就只有不會因為派出的軍隊太少而丟臉這個優點。

雖然被動員的士兵在吃住方面是由鮑麥斯特家包辦，但按照慣例，借戰兵必須自己準備武器，即使戰死或負傷，鮑麥斯特家也只要付一次慰問金。

就能夠便宜增加軍隊人數的觀點來看，再也沒什麼比這更方便的制度了。

「不過，就算要我們組織軍隊……」

儘管我們都有一定的實力，但三名十二歲的少年和少女，根本就不可能有辦法組織和營運包含了許多老手和借戰兵的軍隊。

對感到困擾的我們伸出援手的，果然還是埃里希先生。

「這時候就輪到我出場了。嗯，我的宗主們也是這麼吩咐的。」

以屠龍英雄的身分建立起準男爵家的少年第一次上戰場。

要是威爾在這時候丟了臉，其他王國貴族也難免會受到波及，盧克納財務卿和蒙傑拉子爵打算用這樣的理由，搶先布雷希洛德藩侯大人一步，賣威爾一個人情。

……這些都是埃里希先生告訴我們的。這個人真的很為弟弟著想。

「名義上的代理將領是侍從長艾爾文，但另外還必須湊齊能夠管理諸侯軍的人員。畢竟我們的主帥不在。」

這支鮑麥斯特軍，在出征期間似乎無法和主帥威爾會合。

然後，艾爾成為了代理將領，我和露易絲也確定得擔任幹部。

至於和借戰兵交涉契約、管理必要的資金和物資、製作必須提交給王宮和官府的文件等各種事務性質的工作，埃里希先生都會幫我們處理。

「名義上，我應該是被當成鮑麥斯特軍的參謀兼副將吧？因為我完全沒有戰鬥能力，所以我就專心在後方支援好了。」

他似乎已經在拜訪威爾時，拿到了必要的資金。

不愧是埃里希先生。不僅會照顧人又長得帥，我覺得這個人會受女性歡迎也是理所當然的。

「不過，埃里希先生是布朗特家的當家吧？」

因為同樣都是貴族，要是讓其中一方加入另一方，感覺似乎會造成問題。

「我還只是繼承人，所以沒關係。目前爵位還是由岳父持有。」
「這表示……」
「大概就和伊娜小姐想的一樣。」
原本預定在結婚後舉行的爵位繼承儀式，因為這個理由延後了嗎？
我想這主要是盧克納財務卿的要求。
無論是在現任當家的生前還是死後，都能進行貴族的爵位繼承。
只不過中央的名譽貴族通常是在當家生前繼承，擁有領地的貴族大多是在死後繼承。
雖然誰都不曉得這有什麼差別，但也只能用習慣來解釋。
目前最有力的說法是，因為名譽貴族大多擁有官職，所以必須在當家老到無法勝任工作之前進行繼承。
此外，就算已經完成爵位繼承，被繼承的上一代當家依然能保留原本的貴族身分。
儘管沒辦法再領年金，在公開場合上還是會受到相同的對待，例如盧德格爾大人，之後仍會被視為擁有騎士爵位的人對待。
如果將這當成是一種榮譽爵位，或許會比較容易理解。
雖然這當中隱約也能窺見老年人們「別冷落了退休的老人！」的真心話。
「那麼，埃里希先生就算參加也不會有問題囉。」
「不只如此，威爾本人甚至還對我說『唔哇，怎麼這麼麻煩！埃里希哥哥，我會支付報酬，一切就拜託你了！』。嗯，結婚後馬上就能賺到外快真是太令人感謝了。」

看來威爾也嫌麻煩，所以將一切都委託給埃里希先生。

而且幸好他還有錢能領。

不過理所當然的，光靠埃里希先生一個人根本不夠。

因此盧克納財務卿和蒙傑拉子爵也有幫忙。

透過將財務派閥的貴族子弟介紹給埃里希先生的方式。

埃里希先生職場的後輩們，似乎也請假幫忙進行後方支援。

「請假？這樣沒問題嗎？」

「完全沒有問題。倒不如說因為能獲得戰功，所以他們都很感激呢。」

既然准假的是盧克納財務卿和蒙傑拉子爵，那也沒人敢抱怨。

雖然請假的這段期間沒有薪水，但埃里希先生會用威爾交給他管理的預算，發比薪水還豐厚的出戰津貼給那些人。

身為貴族，就算是財務領域的官員，在職場考核時還是有參戰經驗會比較有利。

再長也不會超過一個月的事假，不可能對升遷產生不利的影響。

「志願者太多。拒絕前輩也很辛苦呢。」

在自己實質擔任第二把交椅的諸侯軍內，讓職場的前輩來當自己的部下會很難辦事。

基於這樣的理由，埃里希先生只讓後輩來幫忙。

至於盧克納財務卿和蒙傑拉子爵派來的人才，因為一開始就已先說好了，所以不會有問題。

「再來是布雷希洛德藩侯大人……」

布雷希洛德藩侯大人不可能完全不派人幫忙，所以他也送了在王都的房子擔任後方支援的三名家臣、屋子的警備隊長和十五名老練警衛，以及自己僱用的約二十名借戰兵過來。

順帶一提，這些費用全都是由布雷希洛德藩侯大人負擔。

理由是雖然他已經無法聘用威爾當專屬魔法師，但至少要確實地讓威爾成為自己的附庸，對打算趁虛而入的盧克納財務卿和蒙傑拉子爵進行牽制。

「布雷希洛德藩侯大人也鼓起幹勁地派了很多人來幫忙呢。」

即使是布雷希洛德藩侯大人，平常也不可能讓那麼多人手常駐在王都。

因此就算包含了借戰兵，派出這樣的人數應該還是相當勉強。

或許是因為我提早讓露易絲跑去他在王都的宅第傳遞消息，所造成的影響也不一定。

然後布雷希洛德藩侯大人便以那項情報為基礎，鼓起幹勁招募人員。

「話說回來，艾爾呢？」

「他在面試借戰兵。」

雖說是面試，但借戰兵如果不強就派不上用場。

所以要先讓他們和艾爾交手，再和剩下的兩位指揮官進行一般的面試。

順帶一提，那兩位指揮官就是埃里希先生找來幫忙的另外兩位哥哥。

「畢竟都是臨時召集的人員，所以需要有一定實力的指揮官。」

於是埃里希先生找來了平常在王都的警備隊指揮十幾名士兵，自己和威爾的哥哥——三男保羅先生和四男赫爾穆特先生。

由於這次的出兵和艾德格軍務卿也有關，因此兩人就算請假也不會有人抱怨。

在通報直屬上司時，對方也只說了句「加油喔」，就讓約二十名貴族家出身的士兵和兩人一起過來。

那些士兵目前也和保羅先生和赫爾穆特先生在一起，協助面試借戰兵。

「幸好威爾給了我很多預算。這樣在期限前應該勉強能成軍。」

「威爾拿了多少錢出來啊？」

「他一下子就拿出總共價值一億分的金幣和白金幣。」

「威爾是想組織大軍團嗎？」

連同後方支援者在內，鮑麥斯特軍的預定人數將在五百人以內。

畢竟美其名是諸侯軍，實際上只是讓其他家送幫手來給鮑麥斯特準男爵家軍，所以這也是理所當然。

要是聚集太多人，又會有貴族出來抱怨「不過是個新受任的準男爵……」，因此威爾給的預算實在多太多了。

「我會好好作帳，多的只要還他就好。而且預算多一點，借戰兵們也比較能放心地狩獵魔物。」

這次的行動是討伐魔物，按照契約內容，獎賞會與打倒的魔物數量成比例。
如果能針對打倒的數量確實給予獎賞，就能給人這個貴族很慷慨的印象。
雖然不太可能發生，但不必擔心打倒太多會讓貴族付不出獎金，也能帶給人一種安心感。
「以準男爵來說，五百人算滿多的。」
實際上一般的名譽準男爵，光是組織三十名的諸侯軍就很勉強了。
雖然這是包含借戰兵在內的數字，但總之僱用人手非常花錢。
如果是擁有領地的貴族，因為能夠調動領內的男性，所以即使爵位相同，也能動員十倍以上的人數。
不過即使能夠免費召集人手，過去還是有許多貴族因為徵召太多既是勞動力又是稅務來源的領民，而在戰爭後欠了一屁股債。
一旦照顧領內農地的人變少，收穫量就會跟著降低，而戰死或戰傷當然也會害人手減少。
「如果不提高到這個人數，無法參加的人就會太多，並造成不滿。」
「根本就是烏合之眾……」
「講好聽一點，是多派閥混合部隊。」
只能說埃里希先生的解讀，實在是非常精確。
包含沒將「講難聽一點就是雜牌軍」這句真心話說出口在內。
親族名額的部分，是三位哥哥和他們的熟人與部下。

布雷希洛德藩侯、盧克納財務卿和蒙傑拉子爵都想成為威爾的宗主。艾德格軍務卿不僅准許威爾的兩位哥哥請假，還派了其他人來幫忙。

「大家都想和屠龍英雄建立關係呢。」

借戰兵們只要好好表現，就算不至於真的謀得官職，也能以唯一被動員的諸侯軍的身分受到關注。

因為認為在這場行動獲得的表揚狀，或許會比其他貴族的表揚狀還要有效，所以志願者不斷增加，光是將人數壓到這個程度，就已經費了不少工夫。

「真麻煩呢。」

「覺得最麻煩的人，應該是威爾才對。那麼，既然人員已經湊齊了，再來還得決定商討職務分配的會議日期跟地點，以及採購需要的食材和物資。該不該和艾戴里歐先生聯絡呢。」

看來實務方面，只要交給埃里希先生就能處理得很好。

儘管我們也會盡力幫忙，但我們終究只是十二歲的孩子。

即使如此，名義上我們依然是威爾僅僅三名的正式家臣。

「雖然這樣講有點不太好聽。不過必要的時候，可能要請你們裝出一副了不起的樣子，站在指定的地點。」

雖然事前就有猜到，但我們果然只是花瓶。

然而要是突然得負責實務，也很令人困擾，所以我們也無法抱怨。

「另外還有一件工作。」
「什麼工作？」
「如果是能治好的傷倒還無所謂，但千萬別死啊。因為我和兩位哥哥，以及你們三人都不被允許送命。」
即使對手是魔物，這依然是場戰爭。
當然也很有可能會出現死者。
不過在那些死者當中，似乎絕對不能包含埃里希先生和兩位哥哥，以及我們三人在內。
「雖然可憐，但要死也是借戰兵那些人先死。」
身分低微的他們，有必要賭上性命戰鬥以提昇自己的評價。
從埃里希先生那裡聽見這句話時，我們痛切地理解到自己真的是出生在相當優渥的環境。
「現在只能先努力做自己能力所及的事情嗎？」
「沒錯。雖然只負責管錢的我好像沒什麼立場說這種話……」
在那之後又過了幾天，慌慌張張地完成準備的五百零七名鮑麥斯特準男爵家軍，為了與王國軍帕爾肯亞草原方面派遣軍會合而前往戰場。
「這是個好機會，我要打倒一大堆魔物，把欠威爾的錢還清。」
「艾爾的工作是留在大本營。」
「我想狩獵魔物啦！」

「那我呢？」

「如果在前線表現得太好，會被借戰兵們討厭喔。我們要以埃里希先生、保羅先生和赫爾穆特先生的安全為第一考量。」

「說的也是。」

感覺我的工作還是一樣只有規勸其他人，但總之這支多派閥混合部隊──「參雜各貴族意圖的軍隊」，總算是平安出發了。

第十話　婚約者

「阿姆斯壯、林斯塔、鮑麥斯特準男爵，關於這次討伐古雷德古蘭多的任務，真是辛苦你們了。」

在打倒古雷德古蘭多後過了十天，參加這場任務的我們再次謁見了陛下。

「託各位的福，帕爾肯亞草原將有希望發展成穀倉地區。」

陛下看起來心情非常好。

這是因為明明擁有絕佳地理條件的土地，卻長年被老地龍阻撓開發，現在總算能夠開發了。

再加上雖然現在仍在討伐一些倖存的魔物，但大部分地區的魔物，都已經被驅除了。

看來過去支配帕爾肯亞草原的古雷德古蘭多，果然擁有強大的力量。

現在完全不會採取團體行動的魔物們，似乎正單方面地被士兵和冒險者們狩獵。

儘管出現了約兩百名的死傷者，但這或許也是無可奈何的事情。

「王國預定將對犧牲者的遺族提供豐厚的補償。雖然這只是偽善，總比什麼都不做要好。」

「陛下的溫情，讓在下阿姆斯壯深感敬佩。」

雖然那的確是偽善，但也確實比什麼都不做要好。

而且士兵和冒險者本來就是這種工作。

特別是冒險者，聽說每年都會出現超過千名的犧牲者。

因為不是沒有其他能夠餬口的工作，所以在拿自己的生命當籌碼追求金錢和名譽後，就算失敗了也沒理由抱怨。

就算是冒險者，也有許多人在冷靜判斷自己的實力之後，選擇不參加這次的作戰。

而且以這種規模的出兵來說，這次的犧牲者還算少了。

這是因為陛下命令教會盡可能讓會治癒魔法的人一起從軍。

能使用聖治癒魔法的聖職者，以及教會平常就有在管理的民間水治癒魔法使用者。

教會利用強大的人脈，大量召集了這兩種系統的治癒魔法使用者從軍。

這也是理所當然，畢竟隨著帕爾肯亞草原逐漸開發，那裡一定也會開始設置教會。

設置的教會和教區愈多，職缺也會跟著增加，因此雖然表面上是陛下的命令，但實際上他們應該是開心地接受陛下的委託。

就算現場的人員是認真在治療傷者，大人物們依然在背後搞這些花招，看來這點無論在哪個世界都一樣。

「不好意思，沒有給你們獎賞。」

「反正我上次就已經收到很多錢了。」

不只如此，這次我還因為賣了古雷德古蘭多的素材而得到一筆錢。

冷凍的血、鱗片、皮、肉、內臟以及骨頭。

由於剛殺掉就放進魔法袋維持新鮮度，因此賣到了相當不錯的價格。
再來就是古雷德古蘭多體內果然也有巨大的魔石，這部分也由王國以四百枚白金幣的價格買下。
當然，再加上後來那一個星期得到的魔物素材後，即使必須和阿姆斯壯導師和布蘭塔克先生三人平分，一人還是能獲得四百五十枚白金幣和五十枚金幣。
龍的素材果然全都很貴。
若之前那隻古代龍沒變成不死族，而是還活著的話，應該能賣到更高的價格吧。
因為金額太大，所以我已經搞不清楚了。
基於以上的理由，我並不覺得需要獎賞。
對前世的薪水是二十五萬八千七百四十六圓（含稅）的我來說，能有不只一枚白金幣就已經算很多了。
說到白金幣，這個國家有很多人一直到死前都沒見過這個東西。
在老家的領地，包含算是貴族的父親在內，應該沒有任何人看過吧。
「不過還是應該要表彰你們的名譽。朕賜你們三人雙龍勳章。」
明明已經有兩百年以上沒人得過這個勳章，但我不僅久違地獲得，又在不到一個月的期間內拿到另一個。
雖然由黃金和綠寶石打造的勳章外表非常漂亮，但我依然不覺得這很珍貴，是因為我的感覺已經麻痺了嗎？

實際上，阿姆斯壯導師和布蘭塔克先生也都難得露出緊張的表情，讓陛下幫他們別上勳章。

「再來是爵位的部分。阿姆斯壯升為子爵，鮑麥斯特卿升為男爵。」

阿姆斯壯導師是伯爵家的次男。

雖然次男無法繼承爵位，但由於他是王宮首席魔導師，因此另外被陛下授予男爵的爵位。

他和我一樣沒有領地只領年金，不過如今他的爵位晉升為子爵，我也從準男爵變成了男爵。

名譽子爵的年金是兩枚白金幣，名譽男爵是一枚白金幣。

這樣的收入算是非常高。

看來準男爵和男爵之間，存在著一面極高的牆。

而我居然以貴族的身分跨過了那面牆，人生真的是充滿驚奇。

一般居住在王都的名譽貴族，不僅會購買符合自己地位的宅第，還會為了打理房屋和防盜而僱用相應的私兵與傭人，此外還有各式各樣的交際應酬要忙。

如果有擔任宗主，那他們偶爾還必須援助附庸，像埃里希哥哥舉行婚禮時那樣，要是附庸舉辦婚喪喜慶，他們也必須支出符合自己地位的禮金。

換句話說就是需要的花費，會隨著地位一起增加。

原來如此，難怪埃里希哥哥會說就算是大貴族，平常也意外地小氣。

再來就是一般的勳章雖然都只用來表彰名譽，但只有雙龍勳章比較特別。

由於已經有兩百年以上沒人獲得，因此甚至就連負責的官員都忘了說明，其實獲頒雙龍勳章者，能夠領取生涯名譽年金。

其額度是每年三枚白金幣。

因為我有兩個，所以是每年六枚白金幣。

「這真是光榮至極。」

「雖然和龍的素材相比，這實在算不了什麼。」

和賣掉兩隻龍的素材獲得的利益相比，這些錢看起來的確是不多，不過光是打倒一隻龍，就已經算是五十年難得一見的事情。

照常理來講，其實很少會出現這麼大筆的金錢流動。

「依照布蘭塔克本人的希望，他的獎賞將由布雷希洛德藩侯另外處理。」

布蘭塔克先生是布雷希洛德藩侯的家臣，這次的從軍形式上，陛下也是對布雷希洛德藩侯下令。

因此即使是陛下，也不能擅自賜予布蘭塔克先生爵位。

因為本人曾表示不需要那種東西，所以布雷希洛德藩侯應該會另外賞賜他寶石或財寶。

畢竟要是連這點程度的獎賞都沒給，反而會傳出陛下沒有好好論功行賞的流言。

另外關於雙龍勳章，似乎並沒有不能頒勳章給陪臣的規定。

布蘭塔克先生也正常地收下了。

從這種地方，就能看出直屬家臣和陪臣間的差異有多麼麻煩。

「這次能發掘出如此的青年才俊，朕非常滿足。希望你以後能繼續精進，為王國奉獻一己之力。

朕很期待你的表現喔，鮑麥斯特男爵。」

「遵命！」

比起這種期待，我更想早點度過平穩的暑假。

在對陛下低頭行禮的同時，我強烈地如此祈願。

「再來一碗！」

「你還真會吃呢。」

「因為我肚子很餓，這半個月來都沒吃過什麼正常的東西。」

結束王城的謁見後，我立刻返回布朗特家吃遲來的午餐。

我一碗接著一碗地，大啖女僕做的燉菜、義大利麵和沙拉。

一旁的露易絲傻眼地向我搭話。

「在郊外的駐軍地，花了一個星期準備出兵。在抵達古雷德古蘭多坐鎮的帕爾肯亞草原中心地帶前，又在小心不被魔物發現的情況下移動了三天。最後還得花上一個星期，從剩下的魔物當中找出比較強的傢伙收拾掉。然後回來又花了三天。唉……我難得的暑假……」

抵達王都後，我幾乎已經無法按照自己的意思行動。

難得想開心地來王都觀光，結果如今我對王都的印象，大多是拘謹的王宮謁見、郊外男人的汗臭味、充滿灰塵的駐軍地，以及只有量可取的難吃飯菜。

再來就是和宛如特攝片怪獸的龍的生死搏鬥。
在最後的那場戰鬥中，還有位全身肌肉的大叔，進行了一場連某知名漫畫看了也會嚇一跳、讓人難以想像他是魔法師的白熱化戰鬥。
雖說是隔著鎧甲，但我從來沒想過居然有魔法師能空手毆打龍、踢龍，甚至還抓著龍的尾巴將牠扔出去。
再來就是因為貴族的身分，而被迫參加原本只有成年人才能參加的魔物討伐行動。
坦白講和龍比起來，那些魔物並不強。
不過由於數量太多，為了盡量避免參與掃蕩戰的士兵和冒險者出現犧牲，我們在阿姆斯壯導師的命令下，接連打倒了實力較強的個體，這也是件辛苦的工作。
在進行掃蕩戰的那一個星期，我們三個髒兮兮的男人被當成游擊部隊四處獵殺魔物，不僅三餐得自炊，就連睡覺都得輪流睡。
考慮到將來要當冒險者，這或許算是不錯的經驗，不過在發現三人中只有我勉強會做飯後，這樣的想法就蕩然無存了。
那段期間的伙食，甚至讓我覺得駐軍地那些只有量可取的飯還算好吃。
倒不如說，阿姆斯壯導師和布蘭塔克先生他們在當冒險者時，到底是怎麼過的？
一產生這樣的疑問，布蘭塔克先生便告訴我理由。
「關於煮飯的事情，我全都交給艾戴里歐了。反正我只要有酒喝就好。」

原來如此，看來艾戴里歐先生為了隊伍，在背後默默付出了不少努力。
難怪他在退休後有辦法成為大商人。
說到這個，我覺得布蘭塔克先生還是改掉晚餐只吃醃肉乾配酒的習慣比較好。
真虧他的肝臟這樣還沒壞，而且還沒罹患成人病。
至於阿姆斯壯導師的狀況則是更誇張。
輪到他煮飯時，他居然將魔物的肉放血切一切後，就直接用火烤來吃。
第一天時還能覺得這樣很豪邁很有趣，但每次都吃這個實在太膩了。
話說回來，阿姆斯壯導師明明就是貴族，到底他平常都吃些什麼東西？
『魔物的肉在放完血灑鹽烤過後，非常有營養喔。』
坦白講，我實在很難相信他是貴族。
在討伐魔物的這段期間因為無法洗澡，所以渾身髒兮兮的我們，有時候看起來甚至會像是山賊。
如果有人在夜晚的山道遇見我們，應該會做好喪命的覺悟吧。
「小子，你會做料理啊？」
『嗯，味道不錯呢。從明天開始，就由少年來做飯吧。』
跟他們相比，會下工夫將湯和米煮成鹹粥的我還算是好的了。
而且總覺得到了後期，他們都會將煮飯的工作硬塞給我。
年紀最小的我，只能乖乖點頭答應。

「充滿汗水、沙塵和血腥的暑假啊……」

「伊娜，別說了……」

因為實際上就是如此，所以反而更讓人火大。

而且包含今天在內，我能待在王都的時間只剩下三天了。

雖然暑假還剩下幾天，但若整個暑假都待在王都，會給埃里希哥哥添麻煩，而且感覺煩人的傢伙似乎又增加了。

就連現在也能聽見布朗特家的門口，傳來「看我的必殺技，槍術大車輪！」的吶喊聲。

感覺好像稍微吹起了一陣風，難道我非得僱用這位使用大車輪的人不可嗎？

雖然伊娜只冷冷地回答「別理他就好了」。

「差不多該去買土產才行了。」

「我才不買什麼土產。剩下三天，我要盡情享受王都。」

「真拚命……」

只有在王都外有親密的朋友或家人的人，才會需要買土產。

艾爾除了我以外，在預備校還有其他親密的朋友，所以應該會去挑土產，伊娜和露易絲還住在老家，和家人的關係也不差，因此應該也會買土產給他們。

我已經不打算再和老家的家人見面，所有的朋友也都一起來王都了，根本就沒必要特地去買土產。

頂多只需要禮貌性地送點東西給預備校的老師或校長吧？

不過給這類人士的土產，盧德格爾先生已經先幫我準備好了，不需要特地去買。

「總之先出門吧！我要參觀王都！」

「威爾真拚命呢……話說回來，你之後不是可以再靠『瞬間移動』過來嗎？」

艾爾不知為何傻眼地看著我，但現在不是在意這種事的時候。

總之現在最優先的事情，就是盡情享受王都。

的確，以後只要使用魔法，我隨時都能再來王都。

不過現在重要的是，要如何享受眼前的這段時光。

我已經不想管什麼國王或貴族了。

「威德林大人，請稍等一下。」

就在我急忙走出布朗特家時，盧德格爾先生突然叫住我。

「不好意思，聖教會總部的人說，已經做好了正規洗禮的準備。」

「糟了！」

關於去聖教會總部接受正規洗禮提升名望的事情，我在第一次謁見陛下時就已經和霍恩海姆樞機主教約好了。

而且一開始的那次排程，我已經因為必須臨時參加討伐古雷德古蘭多的任務而缺席了，這次實在不能加以忽視。

畢竟在這個世界可不能與教會為敵。
「正規洗禮啊……艾爾，你們也要來嗎？」
「我就不用了。」
艾爾迅速拒絕。
他應該不喜歡這種拘謹的儀式吧。
我也很討厭。
「艾爾要幫我們提行李。」
「他還欠我一枚銀幣。」
「考慮到要買新的劍和土產，不管怎麼算都還不清欠債……」
艾爾欠我的錢，目前是由露易絲代為償還。
雖然艾爾在這次的從軍中應該也獲得了足夠的獎賞，但他似乎不像女孩子們那麼會節儉。
無法將債務還清的他，被課以提行李之刑替代利息。
「烤餅乾之類的土產，應該能放一段時間吧。」
「的確。其他還有很多種土產，如果很重就讓艾爾提。」
「比起行李的重量，我更擔心你們打算逛幾間店……」
艾爾他們似乎打算去舊街區購物，那裡有幾間專為觀光客開設的土產店。
相較之下，我則是為了參加一點也不有趣的正規洗禮，準備前往聖教會總部。

「歡迎您，請往這邊走。鮑麥斯特準男爵，不對，您已經是男爵了吧。」

「這一定也是神的指引。」

「看來神似乎有保佑鮑麥斯特男爵呢。」

聖教會總部幾乎位於王都的正中央，我一到那裡，就受到包含霍恩海姆樞機主教在內的數十名教士和主教的歡迎。

不過真不愧是不只赫爾穆特王國，同時還被阿卡特神聖帝國視為唯一信仰的宗教大本營。

只不過因為阿卡特神聖帝國是將新教徒派（Protestantism）列為國教，因此和聖教會總部間就像是不同宗教般互相敵對。

聖教會總部占地遼闊，建築物本身也一看就知道是花了重金打造。

用來舉行洗禮等儀式的大聖堂，整面天花板都是由巨大的花窗玻璃製成，這讓我實際體會到「原來如此，看來再也沒什麼生意比宗教更賺錢了」。

關於我們接下來進行的對話，其實應該說是一種慣例的招呼方式。

我是正教徒派（Catholic）的虔誠信徒，所以要說「託神的福，我順利打倒了兩頭龍。感謝神」以表達謝意，而霍恩海姆樞機主教他們要回答「幸好神保佑了您」以表達祝福。

但其實我一點都不認為自己是託神的福才打倒龍。

對方應該也不認為我是真心感謝神。

雖然我還只是個孩子，但這種時候就讓我們以大人的方式好好相處吧。

坦白講今天的主要目的，就是為了彼此的利益。

「既然能夠施展出那種程度的『聖光』，想必鮑麥斯特男爵應該非常被神所愛。」

「真誠感謝神賜予我的愛。」

由於我前世沒有信仰，因此除了洗禮以外，就只有還住在老家時曾去過幾次教會。

除此之外，我幾乎沒向神禱告過，我實在不認為神會保佑這樣的我。

看來這個聖魔法似乎和信仰心一點關係也沒有。

如果信仰心是使用條件，那在聖職者中就算還有更多會使用聖魔法的人也不奇怪。

唉，有些話還是留在心裡比較好，教會平常也會用他們充沛的財力，確保能夠使用聖魔法的人才。

在極少數的情況下，幽魂之類的不死族會出現在人類生活的領域，這種時候如果會用聖魔法就很方便。聖治癒魔法的威力也大多都非常強。

若是高位的聖治癒魔法使用者，甚至能輕易將被砍斷的手臂接回去，此外似乎還能做到治療癌症等疾病，或是讓心跳停止不到幾小時的人復活。

在聖魔法中，我只會使用高威力的「聖光」，在治癒方面則是只會使用水系統的魔法。

不可思議的是，水系統中也有一系列幾乎一模一樣的治癒魔法。

如果會使用聖魔法的治癒，就無法使用水魔法的治癒，反之亦然，因此我只能使用水系統的治癒。

在威力方面，雖然師傅曾向我保證能夠輕易將斷掉的手接回去，但我從來沒受過那麼嚴重的傷，也沒遇過類似的重傷患，因此很少使用治癒的魔法。

艾爾他們也幾乎都沒受過傷。

因為他們頂多只會受到一點擦傷，所以我也只試過治療那種程度的傷口。

其實在向帕爾肯亞草原出兵時，我曾經想過要練習看看，但姑且不論布蘭塔克先生，阿姆斯壯導師根本不可能受傷。

畢竟他本人可是曾經自豪地炫耀自己連感冒都沒得過。

『（好像有人說過什麼不會感冒。）』

『（布蘭塔克先生，我聽見囉。）』

此外，雖然我原本想以協助治療的名義和我方的部隊會合，但拜阿姆斯壯導師所賜，我一直到最後都待在最前線。

『交給教會派來的部隊吧！他們的人手非常充足，我們留在前線狩獵危險的魔物，才是減少犧牲最好的方法！』

雖然他說的沒錯，但我只是想回後方稍微休息一下而已。

我當時甚至還曾經在心裡大喊：「給我看一下氣氛啊，肌肉導師！」

「那麼，我們就來開始進行正規洗禮吧。」

按照我一開始的預測，我本來以為正規洗禮要花上很長的一段時間，結果實際上不到半小時就結束了。

和一般洗禮的差異，大概就只有神父是由霍恩海姆樞機主教擔任，而其他教士們負責幫他跑腿而已？

看來因為我算是重要的客人，所以教會才不吝於派出高位的聖職者。

「正規洗禮也順利結束了。」

「感謝您。這是我的一點心意。」

雖然之前有說過不需要，但沒有僧侶會不樂見信徒捐獻，所以我將一個裝了捐款的漂亮絹布袋交給霍恩海姆樞機主教。

裡面裝了十枚白金幣。

儘管是一大筆錢，但只要能在這種時候給對方留下深刻的印象，將來教會的僧侶們應該會願意站在我這邊才對。

反正我還有一千枚以上的白金幣，而且也沒其他地方花。

「感謝您如此費心。」

霍恩海姆樞機主教似乎以為袋子裡裝的貨幣是金幣，立刻就自然地將那個袋子交給旁邊的教士。

果然再怎麼說，也不至於沒禮貌到當場確認裡面的內容。

或許他之後會嚇一跳也不一定。

不對，因為我不曉得一般貴族捐獻的行情，所以或許這個數額其實很普通。

「那麼，既然正規洗禮已經結束。請問您要不要一起喝杯茶呢？」

霍恩海姆樞機主教邀我一起喝茶，而我也接受了他的好意。

離開莊嚴的聖堂再走一小段路後，便能看見霍恩海姆樞機主教充當辦公室的建築。

一進入建築物內，我就被帶到一間設有沙發和書桌、看起來像是接待室的房間。

「那裡面是我的辦公室。雖然只是間無趣的普通書房。」

一扇位於房間深處的門，似乎就是書房的入口。

過了幾秒鐘後，位於其他方向的門傳來敲門聲，霍恩海姆樞機主教應了一聲後，一位穿著修道服的女性端著茶盤現身。

不對，雖然她的確是女性，但身高只有大約一百五十公分，而且從她的外表來看，年齡或許也和我差不多。

那位少女，是個五官端正到能以不可思議來形容的美少女，從頭巾底下隱約露出的長金髮閃閃發光，在與她充滿神祕感的紫色眼眸相映之下更顯美麗，有一段時間，我就這樣對著她的臉看傻了眼。

接著吸引我注意力的，是與少女的年齡極不相稱的某個隆起部位。

雖然要是一直盯著那個地方看會很失禮，但那對讓年齡相近的伊娜徹底慘敗的雙峰，將原本應該能夠遮蓋體型的修道服胸部的部分整個向上推。

在我的前世，也不是沒有十一歲就擁有F罩杯的寫真偶像，而且這個世界的人類，外表大多也比較接近歐美人。

所以就算有年約十二歲就擁有超過F罩杯身材的美少女，應該也沒什麼好驚訝的。

這麼一想，或許伊娜和露易絲其實在許多方面都很辛苦也不一定。

然後，我發現了一個事實。

「她擁有魔力嗎？」

「果然看得出來嗎？雖然我今天請她泡茶過來，但她其實是我的孫女。」

「我叫艾莉絲．卡特琳娜．馮．霍恩海姆。」

沒想到這位美少女，居然是霍恩海姆樞機主教的孫女。

雖然感覺兩人的外表看起來不太像，但既然是孫女，相似度應該不會像跟自己的孩子那麼高吧。

此外，霍恩海姆樞機主教果然也是位貴族。

其實在沒有官職的名譽貴族當中，有許多人會選擇成為聖職者。

雖然無論老家是平民、貴族還是商人，在出家後都沒什麼差別，不過如果想在教會裡往上爬，果然還是得面對自己能募集到多少捐款的醜陋現實，因此教會的高階職位，幾乎都是被貴族和商人出身者占據。

再來就是聖教會的戒律並不嚴格，不僅能自由結婚，也沒有禁食肉類或魚類，頂多只有到不能在別人面前喝酒或抽菸這種程度。

簡單來講，就是只要不是會讓世間對聖職者指指點點的行動，想做什麼都行。

話雖如此，最近墮落的僧侶數量似乎有增加的趨勢。

因為有錢所以就放高利貸斂財，或是雖然不能公開娶妾但私底下藏了不少愛人，再不然就是飲酒過度並罹患了酒精依存症。

儘管這幾百年來似乎都是這種感覺，但也因此催生出新教徒派(Protestantism)，並發生兩派勢力互相對立的狀況。

不過就連關鍵的新教徒派(Protestantism)自己，都在這幾百年來的歷史中變得和正教徒派(Catholic)沒什麼兩樣，所以歷史再度重演，又誕生了名叫懷古派的派別。

在幾千年前，聖職者禁止娶妻、禁止吃肉或吃魚，以及禁止茶、酒、香菸等嗜好品似乎是理所當然的事情，而懷古派也遵守了這些過去的嚴格教義，基於讓信仰回歸原點的目的誕生。

因此，他們也連帶要求信徒遵守不能娶妻以外的嚴格教義。

不過拜此之賜，反而產生了信徒不容易增加的矛盾。

這世界大部分的人，都對墮落的聖職者抱持反感。

然而，如果被問到自己是否有遵守嚴格戒律的意志，大部分的人都會採取否定的態度。

關於這方面的知識，我全都是從埃里希哥哥那裡聽來的，但這些事光聽就讓人感到沮喪。

『霍恩海姆樞機主教在評價方面，被歸類到還算好的那群。雖然是沒有官職的名譽貴族，但他擁有子爵的爵位，以一個聖職者來說，他對捐款也不像其他人那麼執著。』

據說要是不小心讓平民出身者當上教士，他們就會動輒要人捐款，十分煩人。

為了往上爬，他們似乎很難擺脫為名叫捐款的業績壓力所苦時養成的習慣。

反倒是貴族或商人出身者，因為能夠輕易地募到捐款提昇自己的地位，所以意外地有許多人在這方面都非常灑脫。

『要小心平民出身的教士。』

這似乎是世間的常識。

「她是我引以為傲的孫女。因為能使用聖治癒術，所以我才讓她像這樣以修女的身分進行修行。」

這個世界的聖職者無論男女都能自由結婚，要不要繼續維持聖職者的身分也是個人自由，因此即使不是像她這樣會使用聖魔法的人，也有許多人將孩子託付給教會。

因為教會內有不少貴族，所以空閒的時候能夠教孩子念書，女孩子們也能透過加入教會，學習一些新娘子該會的技能。

「能使用聖治癒術嗎？我的聖魔法只會『聖光』。」

「光是會用就已經很了不起了。而且您也會使用水治癒魔法吧？」

「嗯（虧你連這個都知道）……」

該說真不愧是擔任教會幹部的霍恩海姆樞機主教嗎？

我至今明明很少使用水系統的治癒魔法，他卻知道我會使用。

是從冒險者預備校那裡得來的情報嗎？

我曾經在實習課時用過幾次，消息大概是從那裡洩漏出去的。

當時我只治療了幾名輕傷者。

這證明了教會的情報網有多麼寬廣與深入。

「您居然連這個也知道。」

按照師傅的說法，其實我應該連非常嚴重的傷口都能治好，但平常也不可能突然就遇到重病患者。

我的治癒魔法，還有許多尚未確定的部分。

「嗯，因為教會的耳目非常好。」

反正像我這種程度的傢伙就算想隱藏能力，也無法徹底地隱藏，所以像這種時候還是表現得順從一點比較好。

『不愧是艾弗烈的弟子！在魔法方面也和師傅一樣能幹！』

雖然有位導師曾經非常佩服地對我這麼說。

「我之所以讓艾莉絲待在這裡，只是為了讓她學一些新娘該會的技能。」

「咦？可是，她會使用治癒魔法吧？」

「嗯，而且她的資質相當優秀。」

魔力量在中級到上級之間。

雖然只能使用聖屬性的魔法算是一個缺點，但按照霍恩海姆樞機主教的說詞，她在之前的帕爾肯亞草原解放作戰中，似乎治療了數百名被送到營地進行緊急救治的重傷者。

「身為這孩子的祖父，我希望她能正常地嫁人。在治癒術方面，只要在不對婚姻生活造成妨礙的情況下，應別人的請求偶爾幫忙就好。」

至少霍恩海姆樞機主教，並不打算讓這位孫女成為聖職者。

能使用治癒術的人，似乎經常會收到來自地方教會或冒險者公會的委託，利用魔法為別人治療，這樣和聖職者其實沒什麼差別。

在結婚前以實習修女的身分在教會提供治療服務，婚後只在收到委託時幫人治療，再將收入的一部分捐給教會。

像這樣會治癒術的已婚女性似乎還不少。

「這孩子是個既有才能又本性善良的女孩。所以我想幫她找個最好的夫婿。」

艾莉絲似乎是霍恩海姆樞機主教的長男之女，因此她的夫婿，當然也必須具備相當的社會地位。

霍恩海姆樞機主教本身是子爵，所以艾莉絲的對象必須是爵位和他只差一階的當家或爵位繼承者。

一般認為這樣才算門當戶對。

「艾莉絲小姐這麼漂亮，競爭者應該很多吧？」

其實我心裡是在想「說什麼一起喝茶，原來你只想炫耀自己的孫女啊！」，但就算在這時候惹教會的大人物生氣也沒什麼好處。

我不斷稱讚這位叫艾莉絲的女孩。

這是我前世身為二流公司上班族的習性。

實際上，艾莉絲也的確是位值得稱讚的美少女，所以奉承起來也相當輕鬆。

如果是像○安妹那樣的女孩，那就算是我也無話可說。

「坦白講，的確有許多人來提親。」

好像已經有幾個伯爵家，來打聽艾莉絲願不願意做當家或繼承人的正妻。

「我想也是。畢竟艾莉絲小姐這麼漂亮。我要不要也來報名呢？」

事後我冷靜地分析自己當時為何會說出這種話，結論是這應該是受到我前世記憶的影響。

前世的我，簡單來講就是不受女孩子歡迎。

我並沒有誇張，真的就是不受歡迎，即使有機會認識像伊娜或露易絲那樣的美少女，我也完全不覺得她們會將我當成戀愛或婚姻的對象看待。

我認為光是能成為朋友就已經算是運氣好，她們這種等級的美少女跟我絕對沒有緣分。

因為太缺乏現實感了。

「喔喔！您願意娶艾莉絲為妻嗎？」

「因為我尚未成年，所以還只能訂立婚約吧？」

雖然我隨口就亂講出了平常絕對不會說的臺詞，但這是因為我心裡認為絕對不可能發生這種事。

這只是一種類似玩笑話的社交辭令。

「的確。艾莉絲現在和鮑麥斯特男爵一樣是十二歲，所以目前只能先訂立婚約，要等成人後才能正式結婚吧？」

「應該會是那樣沒錯。」

「那麼，就這麼辦吧。」

「咦？」

霍恩海姆樞機主教突然擺出正經的表情，我則是維持笑容僵住。

「其實我在問過陛下後，得到了『既然他們同齡，應該會成為一對好夫婦吧』的答案。」

「咦？這是真的嗎？」

因為沒想到真的要和這位叫艾莉絲的女孩訂立婚約，我的腦袋完全陷入混亂。

「其實這孩子的母親，是阿姆斯壯導師的妹妹。導師也非常贊成這個婚約。」

此時又突然跑出驚人的情報。

看來這個婚約不僅已經獲得陛下的許可，艾莉絲還是那個肌肉魔法師阿姆斯壯的外甥女。

因此我好像將和他變成親戚。

雖然這樣講好像事情已經確定似的，不過實際上也等於是已經確定了。

在這種狀況下，有哪個貴族會有勇氣拒絕這場婚事。

就算有也不能算是勇氣，只能說是既愚蠢又魯莽。

而且詢問艾莉絲是否有結婚的意思也太殘酷了。

她是貴族家的人，一旦被家長下令與我訂立婚約，她根本就無法拒絕。

貴族的婚姻，有一半算是責任與工作。

正因為如此，能夠透過自由戀愛結婚的貴族，才會稀少到能流傳後世的程度。

「艾莉絲也同意吧？這位是未來將成為妳夫婿的鮑麥斯特男爵大人。過來跟他打個招呼。」

「是的，爺爺。鮑麥斯特男爵大人的活躍已經在王都內造成話題，我也有聽說過他的事蹟。我非常高興能成為那樣的人的妻子。」

「……」

「鮑麥斯特男爵大人？」

「呃……我是威德林・馮・班諾・鮑麥斯特。雖然我們要等到成人之後才會正式結婚，但請多指教。」

「我才是要請您多多指教。」

即使擁有前世的記憶，或是能夠使用強大的魔法，我果然還是我。

在中了老練的霍恩海姆樞機主教的計謀後，我年僅十二歲就有了婚約者。

中場二　婚約人選的內幕

「……以上就是事情的經過，領主大人。」

「辛苦了。那麼，問題在於威德林的婚約者嗎……接下來應該就是我的拿手好戲了。」

我從派駐到王都的家臣那裡收到了非常棒的報告。沒想到那個威德林居然擊敗了傳說的古代龍。

而且現在整個王都都在討論他的話題。

再加上他還和那個阿姆斯壯導師一起成功解放了帕爾肯亞草原。我這裡也因為有派布蘭塔克過去幫忙，而得以共享這份功績。

此外，我還派了援軍去協助鮑麥斯特準男爵家諸侯軍。

「獲得戰功了！而且這項戰功還足以一口氣挽回這個家因為上一代的失敗而受損的名譽！」

對大貴族家來說，再也沒什麼比大規模的敗戰還要麻煩的事情了。

在最糟糕的情況下，甚至還會被記載在歷史書內，長年被人瞧不起。

就這個家的狀況來說，某方面也是因為王國長年沒有發生戰爭，所以直到現在，我每次去王都時，都還會有貴族利用這件事來挖苦我。

父親對孩子的愛真的是一種詛咒。

「不過，我們這次獲得了足以將那場敗仗徹底扭轉回來的大戰功。最初發掘威德林的人是我，布蘭塔克又是這個家的專屬魔法師。大逆轉啊！」

雖然在一旁待命的家臣，用驚訝的眼光看著坦率表現出喜悅的我，但再也沒什麼比這更令人高興的事情了。

「而且，他的婚約者也將由我來決定。」

雖然被陛下搶先一步將他封為貴族。

即使如此，他應該還是會成為我的附庸吧。

「那麼，這是這個家中有機會當他結婚對象的候補名單。」

「唉……」

雖然我就是為了這個才找你過來，但你的表情莫名地陰暗呢。

「……可是，目前並沒有適合的人選。」

「啊？」

我總算知道為何這傢伙會露出如此陰暗的表情了。

不過，再怎麼說完全沒人也太奇怪了。你也考慮一下我們布雷希洛德家的人數。

「再怎麼說也不可能一個人都沒有吧。就算是遠親也沒關係。」

「這部分也已經納入考量了，但所有年齡符合的女性，都已經有婚約了。」

「咦，是這樣嗎？」

仔細回想，這幾年我好像的確參加了不少這類型的派對。

我想起來了。因為我是這個家的當家，所以光是婚約的禮金，就讓我意外地花了不少錢。

「再不然就是年紀太大，不能當成人選……」

畢竟是貴族間的婚姻。要是新娘的年齡比新郎大太多，那實在不能算是件好事。

雖然偶爾會有爵位比較高的大貴族，將嫁不出去的老女兒硬塞給下級貴族。

可是這樣硬塞的那一方，也要耗費不少心力和金錢，要是對現在的威德林做出這種事情，中央的那些名譽貴族一定會馬上就跳出來反對吧。

「居然要屠龍英雄娶連能不能生小孩都不知道的老女人？真是的，就是這樣地方的貴族才會被人說是沒常識的鄉下人。」——可想而知，一定會像這樣被人批判。

「就算大一兩歲也沒關係。再來就是從比他小的人當中，盡可能挑出年齡相近的對象。」

「的確不是沒有這樣的人選……」

「什麼嘛。結果還不是有。」

「分家有幾名人選……年齡最大的是四歲，最小的上個月才剛出生。」

「等等，這年紀會不會太小了？」

就算只是婚約，若將小孩子塞給人家，也只是為中央那些貪婪的名譽貴族們提供抨擊的材料罷了。

一旦被人抨擊「如果男方成人時對象還未成年，那不就沒意義了！這樣不就無法生孩子了嗎！」

就完蛋了。

雖然基於政治上的理由，有許多年齡差距很大的夫妻，但總之只要能拿來抨擊我，那群人才不會在意這種事情。

「我的孩子……居然全都是男的！」

「是的，您說的沒錯。」

不曉得為什麼，我們這一族似乎有專生男孩的傾向。

雖然分家偶爾會生出女孩子，但結果就如各位所見。

「我想要！我想要年齡和威德林相配又是我們這一族的女孩子啊！」

「所以說，我們不是一直要您納妾嗎？領主大人，你有沒有在哪裡藏什麼私生子啊？」

「呃……我想應該沒有。」

要是傳出了我到處留下私生子的謠言，可是會影響我的評價。

唉，雖然我也不能說完全沒這回事。畢竟我也是個男人。

不過，生兒子不是很麻煩嗎？如果是女兒，只要嫁出去就好，但可不能讓藩侯本家的兒子淪落為平民。

「既然如此，那就領養孩子吧！」

「這樣也會落人口實。」

如果是那些貪婪的名譽貴族，的確很有可能會想到「將沒有血緣關係的養女和屠龍英雄湊成一對，然後自稱是他的親戚吧」這種招數。

「那些傢伙，明明自己就若無其事地將養女塞給別人，結果別人一做相同的事情就馬上抱怨。」

「因為這是他們為數不多的武器。」

名譽貴族沒有領地。

即使位階相同，經濟力也遠遜於有領地的貴族。

因此他們通常必須靠職位、中央的權威以及政治上的牽制，來和我們這種大地方貴族交鋒。

「話說回來，領主大人。關於阿妮塔大人的事情……」

「為什麼要在這時候提到她？」

阿妮塔是我父親的么妹，是一位年紀超過四十歲的單身女性。

她至今仍在這棟房子裡過著悠閒的生活，因為她還未婚，所以也不是不能列入候補名單……

站在我的立場，我是很希望她能早點嫁出去，但因為她是我的姑姑，所以我也不能對她太強硬，

坦白講我不太會應付她。

可以的話，我實在不想討論她的事情。

因為她知道很多我小時候的事情，所以我有點怕她。

「有些家臣提議就算只是名義上也好，應該讓她和鮑麥斯特男爵成親……」

會提出這種意見的，一定大多是那些因為威德林的老家鮑麥斯特騎士爵家很窮，所以就瞧不起他們的傢伙。

那些人大概是認為像威德林這種運氣好突然出人頭地的傢伙，配嫁不出去的老女人正好吧。

「想也知道不行啊……」

要是做出這種事情，中央的名譽貴族們一定會開心地這麼說：

「鮑麥斯特男爵，看來您的宗主在找您麻煩呢。這種時候應該要毅然地回應。快點換個宗主吧。」

宗主將超過四十歲的女子，硬塞給十二歲的附庸當老婆。

關於宗主和附庸之間的關係，要是其中一方做得太過分，那的確是有可能解除關係。

雖然這也要看雙方的個性合不合，但如果從管理下級貴族的制度層面來看，只要能馬上找到替代的宗主，中央通常不會有任何意見。

「那些傢伙，該不會是被中央那些混帳名譽貴族給收買了吧？」

「再怎麼說都不太可能……他們應該只是想和阿妮塔大人一起寄生在別人家享福吧？以這年齡的孩子來說，鮑麥斯特男爵算是非常堅強，而且王都還有埃里希大人在，所以那兩人一定會發現吧？」

「這根本就沒有討論的價值。」

希望他們別做出太愚蠢的事情。

無能的同伴真的是很麻煩的東西……

比起因為嫉妒而做出無聊提議的笨蛋家臣，我居然對埃里希大人和威德林有好感多了，這到底是怎麼回事？

那些傢伙……

只要他們一闖禍，我馬上就收拾掉他們！

「話說回來，請問關於婚約者候補的事情要如何處理？」

「只能盡可能從血緣近一點的家庭收養小孩了吧？」

雖然被澆熄了不少熱情，但現在還是我的回合。

只要別在這時候氣餒，設法和威德林變成親戚關係，就能為布雷希洛德藩侯家帶來繁榮。這才是身為當家的我該盡的責任。

儘管我像這樣鼓起幹勁——

「咦？已經決定好了？」

隔天布蘭塔克就透過「通訊」，告訴我威德林的正妻人選已決定的消息，我的回合結束了。

「樞機主教的孫女，而且還是那位有名的霍恩海姆子爵家的聖女……實在是無可挑剔……」

無論家世、年齡、人格還是容貌，都幾乎不可能找得到抨擊她的材料。

這下我也只能放棄了。

而且霍恩海姆樞機主教似乎還取得了陛下的許可。

「啊哈哈。阿妮塔大人連比都比不上呢。」

「雖然這沒什麼好笑的，但我私底下贊同這個意見。」

從我的角度來看，這實在是非常糟糕的結果，但既然手上完全沒有籌碼，這也是理所當然的結果。

「看來有必要好好監視那群笨蛋，別讓他們做出多餘的事情。」

因為剛才有一群笨蛋認真地向我提議讓阿妮塔和威德林相親。

這時候還是別太死纏爛打比較好。

比起這個，還是應該立刻切換想法，對未來的勝利比較有幫助。

「這件事就這樣算了。不過鮑麥斯特男爵繼承人的婚事，將來一定要由我來主導。」

「這樣想比較有建設性。」

「一定要事先在族人中準備好和威德林的繼承人年齡相近的女孩子。」

沒錯，因為貴族是想著數十年以後的事情行動的生物。

＊＊＊

「雖然身為當事人之一的朕沒什麼立場說這種話，但王族和貴族的婚姻真是麻煩呢。」

「在下原本是覺得從王族的支系中挑一個人出來也無所謂。不過託艾莉絲的福，在下多了個優秀的外甥婿，真是太感謝了。」

「那個女孩既漂亮，心腸又好。配那個性格有點彆扭的鮑麥斯特男爵應該剛剛好吧。」

「或許是因為家庭的緣故，他的確給人這種感覺。以那年紀來說，他實在太成熟了。」

「大概是覺得老家那裡已經沒有退路了吧。」

在鮑麥斯特男爵老實地去接受正規洗禮的那天晚上，朕在私人房間從克林姆那裡收到他的婚約已經定下來的報告。

雖然我們兩人都有喝酒，但因為只是單純的確認，所以就算有點醉也沒問題。霍恩海姆樞機主教，也早在事前就提出了婚姻的許可申請。

我大概知道那個男人在想什麼，她的孫女艾莉絲是個心地善良的女孩。

同時也是克林姆的外甥女。

站在朕的立場，也贊成這場婚事。於是克林姆向朕進行最終報告。

克林姆之所以表現得像是私下來找朕玩，大概是怕情報外漏後會有許多人來攪局吧。

那個既是貴族又是樞機主教的男人做事不可能不慎重。

克林姆也是朕從小就認識的好友。

因此這些情報不可能輕易外漏。而且應該很少有貴族敢當面向克林姆問話吧。

「鮑麥斯特男爵原本是騎士爵家的八男。因此有許多人認為他配不上王族的女性。」

「講是這樣講，之後又開始說如果一定要這麼做，就從那些候補人選裡挑……」

王族或貴族的婚事，無論如何都會牽扯上一個問題。

那就是是否門當戶對。
不過不可能每次所有人的條件都剛好能配合。就結果而言，在王族和大貴族中，多了許多即使年紀大了依然嫁不出去的女性。
而家裡擁有照顧她們的財力，也是這種女性增加的原因之一。
正因為即使她們到死都單身，家裡也有能力照顧，所以地位愈高的家庭，這種女性就愈多。
雖然也能讓她們成為地位較低的家族的養女，再從那裡嫁出去，不過很難找到願意收養這種女性的家庭。
結果就連王族中，也有幾名被當成老女人對待的女性。
克林姆所指的就是她們。
「安娜莉絲三十五歲、黛安娜二十九歲、赫米娜二十七歲、希德嘉二十五歲。因為鮑麥斯特男爵財力雄厚，所以也有人提議將這些女性硬塞給他。不過在朕斥責他們過後，這些事總算被壓了下來……」
「如果是在下遇到這種事，應該會逃亡到阿卡特神聖帝國。」
「朕如果站在相同的立場也會這麼做。」
因為是王族的女性，所以當中有許多任性、倔強又愛浪費的人。
就連無論面對什麼樣的大貴族都不會改變態度的克林姆，都在和她們稍微接觸和對話過後，就對那些人敬而遠之。

那些人的浪費不斷消耗王家有限的資產，朕有時候一看見她們就覺得討厭。

「朕也覺得這麼做根本就是在找碴。」

王族將女兒下嫁給貴族。

在一般的情況下，這對貴族來說應該是最高的榮譽與賞賜。

不過對了解內情的人來說，這怎麼看都是在找人麻煩。

因為最近有很多上了年紀又浪費又任性的女性，所以就連貴族都產生警戒，很難將人硬塞給他們。

或許就是因為那些貴族家裡也有這種女性，所以才受不了再繼續增加吧。

「不但不曉得能不能生孩子，還會將男爵的資產都敗光吧。」

在那之前，基於原本的身分和年齡上的壓倒性差距，作丈夫的應該會徹底被妻子控制吧。

即使鮑麥斯特男爵獲得了大筆的財富。若被人像這樣過度揮霍，將來一定還是會坐吃山空。

不對，既然是屠龍英雄，他也有可能會反抗並和妻子吵架。

「推薦的那些人，就是瞄準了這點吧。」

由於對手是擁有強大力量的魔法師，因此那些人雖然不會正面與他為敵或找他麻煩，但仍打算以這種趁其不備的手段削弱他的力量。

雖說是生來的習性，但讓人覺得「貴族這種生物真的是……」的事情也不少。

「真是的，每個傢伙都一個樣……」

只要偶爾有優秀的人才往上爬，那些人就會像這樣進行無聊的妨礙。都怪那些傢伙，害王國的發展至今不曉得受到了多少阻礙。

「要是有戰場，就能把他們送去減少數量了。」

「感覺他們應該會找理由拒絕。」

「再怎麼說也不可能那樣吧。不過或許會躲在後方發抖。」

畢竟已經很久沒發生戰爭了。雖然從軍在貴族的義務中算是最高的名譽，但或許已經有許多人忘記了這件事情也不一定。

「話說回來，少年現在身上的錢太多了。」

「應該不用擔心吧。」

他看起來並沒有亂花錢的樣子，而且聽說他還捐了一大筆錢給教會。

雖然猛一看像是不必要的支出，但就連朕也曾因為小看教會而吃了不少虧。

既然他能理解那是必要的經費，那就沒問題了。

畢竟朕在經歷過去的那幾件事後，可是變得會在心裡稱霍恩海姆樞機主教為「那個男人」，鮑麥斯特男爵也要小心留意。

「那個霍恩海姆樞機主教，說他『雖然是個孩子，但某些地方卻不可小看』呢。還說他對艾莉絲和自己說的奉承話，可能其實都只是演技。」

「雖然這點還無法判斷，不過鮑麥斯特男爵和克林姆一樣，只要你們有那個意思，就能用魔法破除一切。」

即使多少遭遇一些失敗，鮑麥斯特男爵也能輕易挽回。

不過就算朕對他這麼說，他可能也會覺得是朕太高估他了。

唉，反正朕也不會真的說。

「不用擔心？這麼說來……」

鮑麥斯特男爵立下了這麼多的功績。朕當然有打算將來要分封領地給他。

「就跟克林姆想的一樣。」

賜領地給他，再讓他對那裡展開大規模的開發。

而且他手上正好已經有充分的資金。

「話雖如此，鮑麥斯特男爵還只有十二歲。就算焦急也沒辦法。等他長大成人累積足夠的經驗，到時候再來討論這個也不遲。只不過……」

問題不在朕身上，而是其他大貴族和大臣的想法。

視情況而定，這些計畫也可能會提早執行。

即使朕是一國之君，依然很難完全控制那些大貴族。

「布雷希洛德藩侯，似乎還隱藏了什麼企圖。」

克林姆光是見過他僱用的布蘭塔克，就認定布蘭塔克的主人布雷希洛德藩侯是棘手的存在。

話雖如此，他的想法目前仍在朕的預料範圍內。

「是關於要怎麼處理未開發地的事情吧？」

直到現在，依然沒多少人能夠抵達王國南端的土地，由於鮑麥斯特家成功越過利庫大山脈，並在山腳建立了村落，因此他們便成了那裡在文件上的主人。

這代的布雷希洛德藩侯，應該是想讓鮑麥斯特男爵開墾那裡的未開發地，藉此促進南部的發展和獲得更多的特權。

鮑麥斯特男爵的監護人——他想獲得這樣的立場。

「不過，為什麼要一直讓那家人擁有那塊土地呢？」

「因為只要王國有那個意思，隨時都能以怠於開發的職務怠慢罪將土地收回。」

到現在，已經擱置了百年以上的時間。

中央的官員們認為到時候只要留下面積與騎士爵家相符的土地，再將其他土地全面回收就行了。

由於未來或許會擬定開發計畫，因此在那之前為了節省麻煩，就先放著不管。

所謂的官員就是這種生物。長期和他們打交道的朕非常清楚。

「而且還有鮑麥斯特男爵在。」

王國也可以命令他們將領地分割給鮑麥斯特男爵。

到時候就會變成分家的領地遠比本家還要廣大的狀態。

在王國漫長的歷史中，本家與分家的權力關係逆轉的貴族家並不罕見。

鮑麥斯特家只是碰巧遇到了相同的狀況。

「布雷希洛德藩侯，應該是覺得自己找到了一個適合的大義名分。可是，男爵還只是個孩子。雖然朕動員他參加討伐龍的行動也有錯，但他現在應該需要一段安穩的時光吧。」

「在下和陛下十二歲的時候，也曾幹過不少的壞事呢。」

雖說是義務，但當時朕整天都在接受如何成為國王的教育。

由於累積了不少壓力，因此克林姆定期會帶朕溜出王城。儘管侍衛們大為騷動，朕依然記得變裝成平民去城裡玩非常有趣。

「回來後被罵得很慘呢。」

「上一代的陛下經常罵我們呢。」

即使如此，我們依然沒被處罰。直到即位後得知去世的父親也做過相同的事情，我才理解箇中的緣由。

「在下認為少年小小年紀，就已做出超越大人的表現。現在應該盡可能給他自由的時間。」

「這些經驗，在將來也會派上用場。」

就算是優秀的魔法師，也不可能立刻就變成一位優秀的貴族或專屬魔法師。

為什麼曾以冒險者的身分歷經許多大風大浪的布蘭塔克和克林姆會被重用？

因為他們累積了充分的社會經驗。

這些經驗，會增加一個人的器量。

「在下也是如此。而且那位少年現在，還是冒險者預備校的學生。」

「克林姆啊。你可別太逗弄人家。」

「在下會盡力而為。」

唉，朕很了解這個男人。因為他一定會以自己的樂趣為優先，所以或許鮑麥斯特男爵將會受到不少折騰也不一定。

雖然一想到那副光景就笑出來的朕也半斤八兩。

「艾弗烈、布蘭塔克大人，以及在下三人鍛鍊出來的弟子，將來究竟會度過什麼樣的人生。實在令人期待呢。」

最後以這句話收尾後，克林姆一口氣喝下滿滿一杯的葡萄酒。

克林姆啊。雖然你是個很好的朋友，但就只有這點讓朕無法認同。

那杯葡萄酒，可是很難入手的最高級品啊。

中場三　討伐完龍後的鮑麥斯特騎士爵領地

「商隊來囉——！」

「這次有什麼稀奇的東西嗎？」

「別貪心了，至少要有鹽就對了。」

我的名字叫佛列茲。

是一個居住在位於琳蓋亞大陸南端的開拓村的農民，這裡與布雷希洛德藩侯領地隔著一座利庫大山脈，山上還有飛龍棲息。

我今年二十六歲，家裡有父母、妻子和兩個孩子。

那兩個孩子分別是五歲的男孩和三歲的女孩。

其實我還有個叫霍斯特的弟弟，但那傢伙已經入贅到隔壁村了。

因為那個家沒有生男孩。

雖然我是不太清楚，但那好像是我們村落的名主和隔壁村落的名主商量後做出的決定。

這個開拓村，是山脈南側唯一有人居住的場所。

聽說是現任領主大人四代前的領主大人，在超過一百年前從王都帶人移民到這裡，並花了超過一百年的時間進行開拓。

儘管先人們應該付出了超乎想像的辛苦，但我個人針對這點實在是沒什麼感想。

而且現在的生活其實也沒輕鬆到哪兒去。

雖然已經是十幾年前的事情了，但在我還未成年時曾經有過一場大規模的出兵。

在領主大人的命令下，這個村子也派出了約三十個人。

少年時代的我記得很清楚，當時是由領主大人的叔父擔任侍從長，而且他騎的馬和農耕馬不同，非常漂亮。

不過遠征失敗，三十人中只有五人回來。

當然，那位侍從長大人和負責輔佐他的兒子也沒回來。

為數不多的倖存者，全都既消瘦又身心疲憊。

他們似乎在途中因為飢餓而把馬殺來吃，用長槍代替枴杖走了好幾百公里回來。

這段期間，他們有的傷勢惡化，有的生病，甚至還曾被狼群襲擊。

有時候還會遇到不得不丟棄同伴的狀況。

我還記得那五名倖存者在訴說經過時，看起來非常悔恨。

而且他們也並非毫髮無傷。

例如會莫名地怕黑，或是在秋季的團體狩獵看見大型的豬或熊時陷入恐慌。

他們去的似乎是個叫「魔之森」的地方，看來他們在那裡遇到了相當恐怖的事情。

之後發生的另一個問題，是村落間的對立。

這個開拓地的正式名稱，是鮑麥斯特騎士領地。

領主大人擁有騎士爵位。

領內大致上能分成三個村落，人口合計八百人。

雖然以騎士大人的領地來說這裡似乎算很大，但這塊領地非常貧窮。

主因在於遠征失敗所導致的人口減少。

然後不知為何，領主大人又在這時候下達擴張農地，要大家服勞役的命令。

當然，我們村子和隔壁村子的名主都表達反對。

他們表示在人口減少後，光是照顧現在的農地就很勉強了，為什麼還要急著開墾新土地？

並且提出與其開墾土地，不如多狩獵來應付冬天會比較好的意見。

我個人是覺得我們村子和隔壁村的名主才是對的。

雖然是正確的，但領主大人最後還是採取了將女兒嫁給他當妾的主村名主——克勞斯大人的意見。

拜此之賜，我也變得非常忙。

因為十四歲就會被視為大人，開始負責工作。

而年紀再小一點的孩子，也只能偶爾趁工作的空檔遊玩，大家都忙著開墾和幫忙家裡。

當然，因為沒時間去河裡捕魚或是去森林狩獵採集，所以大家吃的都很差。

在這塊領地的夜晚外出非常危險，因此晚上也不能去狩獵。

白天的時間全都得花在開墾和農務上，生活當然會變得吃緊。

雖然小麥的收穫量增加了，但除了稅收和當成糧食的分量以外，全都被領主大人收購了。

這樣當然一定會有人感到不滿，也有傳聞說收購那些小麥和用在開墾上的費用，部分是來自應該交給在那場出兵中戰死者的遺族的慰問金。

好像是明明勉強我們出兵的布雷希洛德藩侯大人支付了超出行情的慰問金給遺族，但多出來的部分卻被領主大人給私吞了。

儘管是個討厭的傳聞，但畢竟這個村落平常也沒什麼娛樂。

於是傳聞靜靜地在私底下傳開。

總之因為這些事情，有好一段時間，我們都只能吃沒味道的鹽味蔬菜湯和乾巴巴的黑麵包。

而且還沒有午餐。

能夠吃三餐的，好像就只有名主和領主大人家。

不過據說在山另一頭的布雷希柏格，所有人都有三餐可以吃。

知道這件事情後，我感到有點羨慕。

因為是這樣的狀態，住在我家附近從小一起長大的鮑里斯，似乎打算在商隊下次來時，和他們一起離開。

他好像要去布雷希柏格的某間工房當學徒。

鮑里斯是家裡的三男，因此他的父親並未反對。

雖然名主有拜託他們家讓鮑里斯入贅到其他失去一家之主的農家，但他當時才十二歲。

既然不可能入贅，那讓他待在家裡過著不自在的生活也很殘酷。

結果鮑里斯就這樣離開了村子。

我也覺得這樣很好。

啊，對了對了。

接下來的事情才是最重要的。

就在開墾即將結束，年滿二十歲的我差不多該考慮結婚的時候，傳出了關於領主大人的八男的謠言。

據說那位八男好像會使用魔法。

不曉得他的魔法有多厲害。

畢竟我幾乎沒見過他。

或許是只能變出少量的水，也或許是能用魔法破壞掉整座岩山。

謠言這種東西真的是很亂來。

不過，難得有人會魔法。

真希望他能幫忙處理那顆包含我在內，必須要五個人才能勉強推動的大石頭，會有這樣的想法，是因為我很懶惰嗎？

過了一陣子，主村的人們跑來跟我們說「威德林大人的魔法沒什麼了不起。還是別想著依靠他，努力開墾吧」。

看來那位威德林大人，就是領主大人的八男。

雖然我們之前不知道他的名字是有點奇怪，但這只是因為八男原本就不會留在村子裡，所以我們才認為沒必要勉強去記他的名字。

另外，在實際見過魔法之前，其實什麼都還不能確定。

畢竟說這些話的人是主村的人。

這也是鮑麥斯特騎士領地為什麼會被分成三個村落的理由。

因為這裡有地區對立的問題。

領主大人的房子在主村落，而以前的領主大人從王都貧民區帶來的移民子孫也都住在那裡。

主村落的名主是克勞斯大人，他將自己的女兒嫁給領主大人做妾，並因此掌握了所有的稅收業務，是領內實質的第二把交椅。

當然，他的風評很差。

我們村落和隔壁村落的名主，甚至還曾公開表示非常討厭他。

對我們來說，名主其實也算是雲端上的人物，所以怎麼樣都無所謂。

可是，我討厭主村的人。

那些傢伙只因為是最早移民來的，就自以為比我們了不起。

他們都很傲慢。

我們村落和隔壁村落都是在第二次和第三次的招募時移民來這裡的，所以大家的出身地都不盡相同。

可是大家都一起住了超過一百年，也都很討厭主村的那些人，因此兩座村落的交情還不差。

不過這麼小的領居然也會出現對立，看來這塊領地果然很窮酸。

我以為這種事應該是住在王都的那些大貴族的工作。

『可以稍微打擾一下嗎？』

『是的？呃，我記得您是威德林大人？』

其實前陣子非常有名的威德林大人，曾經跟我說過幾次話。

因為威德林大人會用自己獵到的獵物和我交換大豆。

『今天是珠雞和野兔各兩隻。我想跟你換大豆。』

『珠雞啊，真是太感謝了。』

威德林大人小小年紀，就非常會狩獵。

就連我們村裡最好的獵人英格夫，運氣好也要三天才能獵到一隻。

不過，為什麼要大豆呢？

明明這東西只能拿來當湯的配料，或是牲畜的飼料。

唉，反正這場交易對我來說非常有賺頭，我也不想為了問貴族問題而讓自己緊張兮兮。

『還有，我也想換未成熟的大豆。』

『未成熟的大豆嗎？』

『最好是裡面的果實已經變大，快要變黃的那種。』

『喔，這樣啊。』

『用水煮過後再灑一點鹽，會很好吃喔。』

該怎麼說才好，我記得他是個奇怪的貴族。

不過，水煮的未成熟大豆真的非常美味。

雖然不曉得吃了後為什麼會想喝酒，但這裡根本沒有酒能喝，就只有這點讓人感到遺憾。

『讓大豆和其他作物輪作，對農作物的成長有幫助喔。』

『原來如此。』

威德林大人曾經這麼說過。

雖然我感到半信半疑，但試過之後，作物的成長真的變好了。

在那之後，主村的人又開始散播新的傳聞。

『威德林大人的個性天生就有點懶惰。幸好他很快就會離開村子。』

話雖如此，但主村的傢伙說的話根本就靠不住。

懶惰的人怎麼可能在打獵方面比專家還厲害。

我們村落的名主曾委婉地說過，對主村的那些傢伙而言，優秀的弟弟只會擾亂領地的秩序。

『那些傢伙天生就很自負。因此害怕科特大人的繼承秩序會被擾亂。』

比起整個領地的富足，主村的那些傢伙更在意自己的地位能不能一直比其他人高。

這種想法在鄉下地方並不稀奇。

不過我還是比較希望自己住的地方能變得富裕一點。

『人類就是這種生物。還有，老夫實在無法理解克勞斯的想法。』

克勞斯大人是主村的名主。

然而他似乎並非完全追隨領主大人和科特大人。

有謠言說他經常在背後偷偷搞鬼，是個我不太能理解的危險的人。

另外，我們的名主是尤爾根大人。

就一位名主而言，我覺得他比克勞斯大人好多了。

『先不管其他事，我就是討厭他那種人。』

『尤爾根大人，要是被別人聽見就不好了。』

在這樣的背景下，威德林大人十二歲就離開了村子。

據說他為了成為冒險者，而進入了布雷希柏格的學校就讀。

『能用大豆換珠雞的生活要結束了嗎……』

許多村民如此悲嘆。

雖然主村的那些傢伙好像鬆了口氣，但一直被拿去和繼承人科特大人比較，在各方面應該都很辛苦吧？

之前一位叫埃里希大人的五男，好像也發生過相同的事情。

然後，在威德林大人離開村子後，商隊又來了兩次。

因為領內沒有商店，所以大家每次都會過去搶購。

儘管價格稍微有點貴，但因為大家都想要能用貨幣購買的稀有品，所以挑選時也格外認真。

前提是要先買作為生活必須品的鹽。

「各位，我們今天帶了布雷希柏格印的號外來囉。」

那似乎是在商隊出發前出版的東西。

由於是免費發送，因此我也立刻拿了一份來看。上面刊載了威德林大人擊倒傳說中的古代龍的報導。

雖然我們這裡是鄉下，但還是有最低限度的讀寫能力。

這都多虧了教會那位現在看起來也好像隨時都會死掉的神父的指導。

可是我們只會平民用的平假名和片假名，漢字果然還是太難了。

「威德林大人，是那個懶惰鬼嗎？」

「主村的人說的傳聞怎麼能信呢。」

「因為那些傢伙只想拍科特大人的馬屁，藉此提升自己的待遇。」

明明在這種貧困領地能受到的優待，根本就沒什麼了不起的。

話說回來，就連是不是真的有獲得優待都很難講。

只因為和領主大人住在同一個村落，就自以為高人一等，只要能這樣自負，他們就滿足了。

「將打倒的古代龍素材賣給王國，獲得了一大筆財富。甚至還獲得名叫雙龍勳章的了不起勳章，被封為準男爵啊。」

「根本一點都不是懶惰鬼嘛！」

的確，我從來沒聽說過有懶惰鬼能打倒龍。

而且不管怎麼看，都是個讓人難以想像是這種鄉下出身的大人物。

話說回來，為什麼領主大人會讓這麼厲害的人離開呢。

另一方面，也有人不喜歡這則報導。

那就是主村的那些人。

雖然這也包括了克勞斯大人，但他的臉上仍舊帶著詭異的笑容。

原來如此，尤爾根大人說的沒錯。

「不過，這下子……」

尤爾根大人露出難以言喻的表情。

「尤爾根大人？」

「接下來這幾年，這個偏僻的地方很可能會出現極大的變化。這究竟是福，還是禍呢？」

然後又過了三個月，今年第三次的商隊，又帶來了威德林大人打倒了第二頭龍成為男爵，再次獲得一大筆錢，並且和被稱做樞機主教的大人物的孫女訂婚的消息。

「太好了，這個領地要變富裕了。」

「威德林大人萬歲。」

雖然也有人真心地為此感到高興，但真的會變成那樣嗎？

我實在不覺得事情會這麼順利。

在看了尤爾根大人的表情之後。

第十一話　婚約者的外號是聖女

「……這裡沒賣酒嗎？」

「這裡是咖啡廳喔。布蘭塔克先生。」

「我知道。」

難得能在王都度過暑假，結果大半的時間都花在打倒魔物上面，雖然剩下的三天好不容易能自己運用，但結果又迎來了人生的轉機。

在去別說是這個赫爾穆特王國，就連對整個琳蓋亞大陸都擁有極大影響力的宗教大本營接受正規洗禮後，我不知為何和教會大人物的孫女訂下了婚約。

而且那位大人物──霍恩海姆樞機主教，還利用能自由進出王宮的身分，事先獲得了陛下的承諾。

要是在這時候拒絕這場婚事，我在赫爾穆特王國的人生就等於結束了。

雖然還有亡命到鄰國阿卡特神聖帝國展開第二人生的可能性，但不巧的是，我對鄰國阿卡特神聖帝國的事情並不是非常清楚。

因此不可能放棄這個國家逃亡。

到頭來，我還是只能接受這個婚約。

我的婚約對象艾莉絲，是位十個人當中會有十二個人想回頭看她一眼的美少女，而且還擁有一對難以想像和我同年齡的巨乳。

這世界上應該很少有會討厭巨乳的男人。

我本人也是非常喜歡。

而且現在還只是訂婚而已。

貴族子弟的婚姻對象，是由父母來決定的。

因此視關鍵的情勢而定，舊的婚事就算被取消也不稀奇。

沒有人能保證我和艾莉絲一定會結婚。

『怎麼可能會有這種蠢事。那可是陛下許可的婚事耶。』

『難道那位陛下不會因為出乎意料的事情，駁回這場婚事的許可嗎？』

『這種意外根本就不可能發生！話說回來，小子你討厭那個女孩嗎？』

『怎麼可能！那外表完全是我的菜！』

特別是那對胸部有夠棒。

雖然我至今都認為不能以胸部的大小論貴賤，但在親眼見過實物後，不得不考慮改變想法。

『那個臭樞機主教！居然藏了這麼好的孫女！不愧是霍恩海姆家的聖女。』

『霍恩海姆家的聖女？』

『是那女孩的外號。她在王都很有名喔。』

『我都不知道呢。』

儘管這是個非常神聖的外號，但年紀輕輕就被取這種外號，感覺似乎有點可憐。

我也曾因為突然被稱做「屠龍英雄」而感到困惑，但由於我的內在是大人，所以勉強能夠釋懷。

總之現在的當務之急，是實際找對方聊聊，確認彼此是否合得來。

畢竟也有對方的個性其實非常差勁的可能性。

於是別說是正規洗禮了，就連婚約對象都決定好了的我，在回到布朗特家後，就將正好人在那裡的布蘭塔克先生和埃里希哥哥找去附近的咖啡廳，向他們說明至今的經過。

「完全被霍恩海姆樞機主教擺了一道！」

布蘭塔克先生發出慘叫。

這麼說也對，畢竟原本應該是由在宗主競爭中獲勝的布雷希洛德藩侯，來替我介紹正妻的人選。

然而我的正妻現在已經決定是中央的名譽貴族的親戚。

而且對方還不是普通的名譽貴族。

既是被奉為國教的正教徒（Catholic）派教會的大人物孫女，又是深受陛下信賴的王宮首席魔導師的外甥女，這樣的對象實在太惡質了。

完全被搶先一步的布蘭塔克先生，一想到之後會怎麼被自己的主人布雷希洛德藩侯抱怨，就陷入極為懊惱的狀態。

畢竟他的工作，就是保護和監視我。

「正常來說，哪有人會在進行正規洗禮時，順便談婚事啊！」

這的確並非常態。

一般人甚至會覺得有失體統。

不過這似乎並未違反戒律。

「那個人真行。而且還事先取得陛下的許可，一旦有了陛下的保證，再來就只需要取得布雷希洛德藩侯的事後承諾。」

其實按照常理，霍恩海姆樞機主教事前應該要先和布雷希洛德藩侯商量過才行，但這麼一來，後者可能會搶先採取行動。

所以霍恩海姆樞機主教，才會事先取得陛下的保證，讓布雷希洛德藩侯無法抱怨。

布雷希洛德藩侯雖然是南部的權威人士，但由於和中央距離遙遠，因此在政治上似乎常吃名譽貴族的虧。

反過來講，在著了對方的道時沒有引發地方叛亂，也算是王國和平的證據。

「我該不該就這麼在王都隱居呢？」

明明還不到五十歲，布蘭塔克先生就在說這種像是退休前的老人會說的話。

話說回來，前世在談大規模的交易交敗後，我們公司的部長也曾經露出這種表情。

「實際上這次的事情，布雷希洛德藩侯那裡也有點想得太過天真，所以應該也沒什麼立場抱怨吧。」

「埃里希大人，就算是這樣，我家的領主大人其實也不太常罵人。可是啊……」

一旦遇到什麼不順心的事情，他就會以極為詭異的笑容面對家臣，讓人感到毛骨悚然。

「就算向小子抱怨也沒什麼意義啊……」

「雖然威爾在魔法方面是天才，但不可能要求他十二歲就理解並避開王都複雜的政治鬥爭。畢竟這種事情就連大人都辦不到。」

沒錯，因為我的腦袋就只有二流公司上班族的程度，所以根本搞不懂錯綜複雜的政治世界。

「說的也是。唉，應該多利用一下艾戴里歐的。」

在做出現在無論說什麼都來不及了的結論後，我們三人一起喝了口咖啡。

咖啡是南方的特產，雖然進口的東西價格比較貴，但在王都是連平民都很常喝的飲料。

然而在布雷希柏格，反而算是相當便宜的飲料。

「喂，那個少年……」

「是屠龍英雄吧？」

「他還很小呢。看起來很可愛不是嗎？」

「要是惹他生氣，可是會被用魔法打飛喔。」

這間咖啡廳的評價很好，許多常客都是貴族，儘管是間無論咖啡還是甜點都很美味的店，但看來不太適合聊這種私密的話題。

無論是攜家帶眷、年輕的情侶或是貴族和他們的隨從，都不時朝我們這裡偷看並竊竊私語。

「請問點當季水果塔的客人是哪位？」

「是我！」

無視那些交頭接耳的人，我以充滿活力的聲音回答幫我送甜點過來的女服務生。

「小子，現在可不是悠哉地吃甜點的時候。」

其實這間咖啡廳也有被刊載在王都名店導覽手冊上，因為伊娜和露易絲都說這裡的蛋糕很好吃，所以我也想吃吃看。

「哎呀，反正事情已經有結論了。比起這個，我都還沒好好在王都觀光呢。」

反正像我這種貨色，就算有點魔法的才能，或是被陛下授予爵位，也沒有拒絕這場婚事的膽識。

倒不如說，我還真好奇有誰能做到這種事。

忘了是我在前世看過的漫畫還是小說？

裡面有個勇於拒絕大人物的提議或獎賞的主角，真虧那位主角敢拒絕這種事情。

至少我是不可能辦得到。

而且就連婚約者都被別人擅自決定好了。

能夠說不想娶大人物幫自己決定的婚約者，只想和自己喜歡的人結婚的，大概也只有戲劇裡的主角了。

仔細想想，現在的我也沒有將來可能會面臨身分差距問題的戀人。

一直到十二歲都孤身一人的我，根本就不可能談戀愛。

因為我原本就不擅長戀愛，所以這也是無可奈何。

既然如此，我現在應該接受婚約，享受能繼續待在王都的短暫期間。

「你這方面和艾弗還真像。雖然從外表看不太出來，但那傢伙也總是我行我素又厚臉皮。」

「我就把這當成是誇獎好了。不過，婚約和正式結婚終究還是不一樣吧。」

剛才也有提到過，再也沒什麼比貴族的婚約更靠不住的東西了。

不僅是由貴族家的當家之間擅自決定，一旦有一方覺得和其他貴族結緣會更好，馬上就會乾脆地解除婚約。

反正艾莉絲在成人之前都會在王都生活，應該沒什麼機會和住在布雷希柏格的我見面。

因此我認為不需要太大驚小怪。

「這甜點同時保留了桃子的甜味，和當季梨子的口感呢。」

不愧是王都知名咖啡廳的甜點。

甜味也有控制，吃起來非常美味。

在我的老家，應該永遠吃不到這種東西吧。

「威爾，那個水果塔好吃嗎？」

「嗯，簡直是傑作。」

「布蘭塔克先生，放棄吧。我也要一個那個水果塔。」

「我也……」
因為地點是在咖啡廳，所以要說是密談也很怪，到頭來我們三人還是沒討論出要怎麼處理突然冒出的婚約者，在吃完那間店的招牌蛋糕後返回布朗特家。
「聽說威德林大人即將離開王都。而且由於直到前陣子都還在參加討伐龍的行動，沒什麼機會觀光，因此今天就由我來帶您遊覽王都。」
「啊哈哈……既然是由在王都出生的艾莉絲小姐帶路，我就能放心地交給妳了。」
「我未來將成為威德林大人的妻子。請您直接叫我艾莉絲吧。」
「這樣啊。那麼，妳也可以不用叫我大人。」
「不，這怎麼行呢。」
「……」
隔天，距離我離開王都的日子還剩下兩天。
正在我和艾爾他們討論今天要去哪裡時，昨天才和我訂婚的艾莉絲突然出現了。
我忍不住瞄了伊娜和露易絲一眼。
雖然兩人的表情都沒什麼變化，但我為何會將視線移向她們呢？
「這不是艾莉絲大人嗎？勞您特地跑這一趟。」

「我曾經從舅舅那兒聽說您的大名。布蘭塔克大人。」

「唉，和阿姆斯壯導師相比，我只是個二流的魔法師。」

「不，才沒有這種事。舅舅也說您是位幹練的魔法師。」

接著布蘭塔克先生也跟著現身，向艾莉絲打招呼。

站在布蘭塔克先生的立場，他應該不太喜歡艾莉絲。

因為原本應該是由我的宗主布雷希洛德藩侯來替我決定婚約者，但這一切全都因她而化為泡影。

然而就我從昨天開始觀察艾莉絲的結果，我認為將這些怨恨的矛頭指向她實在太殘酷了。

真正應該抱怨的對象，是設計這場婚約的霍恩海姆樞機主教。

唉，不過那位老人不管被人怎麼說，應該都不會放在心上吧。

另外，我昨天盡可能蒐集了關於艾莉絲的情報。

雖然情報來源只有認識她的布朗特家的人和埃里希哥哥。根據我聽來的消息，她是個與「霍恩海姆家的聖女」這個知名外號相符的少女。

雖說是為了學習新娘必需的技能，但她每天都以實習修女的身分認真工作。

我原本以為身為教會掌權者的孫女，她的態度應該會很傲慢，但她似乎平等地對待所有人，並在時間許可的範圍內，盡可能以學會的治療魔法免費替許多人治療。

除此之外，她還會在教會經營的孤兒院幫孩子們縫衣服，替他們煮飯和做點心，教他們念書等等。

就連定期為貧民們舉辦的外炊活動，她都有參加。
簡直就是完美超人。
我實在搞不懂，為什麼這樣的人會成為我的妻子。
『難道就因為是聖女，所以才得被迫獻給我這個魔王嗎？』
『威爾應該沒壞到被稱作魔王的程度吧。而且你除了魔法以外都不太行。』
『我說妳啊……』
露易絲的指摘，讓我在心裡流下淚水。
『不過完美成這樣，反而讓人起疑呢……雖然會說這種話的我，感覺也好不到哪兒去。』
『伊娜說的話也有道理。』
我試著向盧德格爾先生和埃里希哥哥確認對方是否有「巧妙偽裝性格」的可能性，但他們都認為不可能。
身為貴族的掌上明珠，她在接受徹底的完美教育後，就成了會為未來的丈夫盡心盡力的美少女。
再來就是雖然我不太清楚，但接連打倒兩頭龍、並從陛下那裡獲得兩枚雙龍勳章和男爵爵位的我，在王都似乎非常受女性歡迎。
因此艾莉絲或許只是純粹地對我感到憧憬。

此外，她似乎非常尊敬和自己同樣會使用魔法的舅舅阿姆斯壯導師。所以至少應該不討厭那位舅舅極為讚賞的我。

只要一看見艾莉絲的笑容，就算是我也能馬上理解這些事。

真可憐，我明明不是那種品格高潔的人……

「艾莉絲小姐，我們差不多該出發了。」

「好的。」

艾莉絲身邊跟了一位隨從。

那是一位上了年紀，將黑白相間的頭髮往後梳，怎麼看都「徹頭徹尾是個管家」的男性，根據他的自我介紹，他的名字是賽巴斯汀。

「賽巴斯汀是從我出生以前，就開始侍奉霍恩海姆家的管家。」

「這次老爺吩咐我要好好服侍艾莉絲小姐和威德林大人。」

從外表到舉止，無論怎麼看都是位「模範管家」的賽巴斯汀先生（推測五十二歲），讓我感動到甚至忘了自己目前的處境。

簡直就像是管家咖啡廳的人……

「難得來王都一趟，結果卻幾乎沒機會在王都觀光。」

「威德林大人留下了那麼偉大的功績，也難怪會如此忙碌。那麼，我們出發吧。」

在為賽巴斯汀的管家風範感到感動的同時，我和艾莉絲一起離開了布朗特家。

雖然總覺得好像忘了什麼重要的事情，但難得有人帶路，現在應該集中精神遊覽王都。

何況距離訂婚也才過了一天，還是和艾莉絲互相認識一下彼此比較好。

不過，就在我們離開之後，布朗特家似乎發生了一件小爭執。

＊　＊　＊

「那女孩就是威爾的婚約者啊。不過那傢伙也很辛苦呢。真羨慕那對胸部。」

「艾爾也是個正常的男生呢。」

「真不好意思啊。不過，明明我的狀況和威爾差不多，卻完全沒人來找我訂婚。」

「以艾爾現在的立場，根本就不可能突然跑出那種人吧。」

「這我也知道啦。」

雖然我說那傢伙很辛苦，但其實我非常羨慕威爾。

姑且不論出身和身分，他終究是和一位超級美少女訂了婚。特別是那對胸部實在太讓人羨慕了。

與此同時，我將視線移向伊娜和露易絲的胸部並嘆了口氣，然後因為被兩人打了一個耳光而眼冒金星。

果然還是看得太明顯了。以後還是小心一點比較好。

當然沒有絕對不會再看這個選項。

「要是艾爾也能打倒龍，應該就會有人想和你訂婚喔。」

伊娜一面對我這麼說，一面確認般的看向自己的胸部。

不管看幾次，我都覺得普通。

以一般標準來說，算是正常的大小。雖然因為害怕本人而不敢說出口，但也能說是沒個性。

「伊娜，這對我來說太困難了。我要腳踏實地地闖出一番大事業。」

「以冒險者的身分？還是威爾家臣的身分？」

「嗯——臨機應變吧。」

認識威爾後，真的接連發生了許多事。或許也能說我的人生開始變得波濤洶湧。

「以一位男性來說，我覺得艾爾也不輸威爾喔。」

「真的嗎？」

「只看外表的話。」

「喂！」

居然忘了還有劍術這一項，伊娜真是太殘忍了。

再來就是身高。

「我也想要婚約者啊。不然就用伊娜湊合一下好了。」

「什麼叫做湊合一下啊。艾爾真是的……」

伊娜抱怨歸抱怨，但也知道我是開玩笑的，所以並沒有生氣。

因為我們之間就算有友情，也不可能有戀愛感情。

「如果伊娜不行，那就拜託露易絲了。」

「不可能。」

「我只是開玩笑而已，不用拒絕得這麼乾脆吧。」

「這個玩笑的水準太普通了。」

雖然露易絲也是如此，但打從威爾在那場園遊會獲得布雷希洛德藩侯大人的賞識時起，周圍的人就已經將兩人視為威爾的妾。

貴族就是這種生物。

儘管不曉得這會不會實現，但兩人都認為這樣也好。

「威爾個性溫柔，又是個厲害的魔法師，而且還很會賺錢。」

雖然講這種話很現實，但要發展成故事裡那種「即使生活貧困依然彼此相愛的兩人」的關係可沒這麼容易。

結婚與生活是息息相關的，特別是會生小孩的女性更是如此。

即使是妾，依然是會有男女關係的對象，所以如果對方是能讓自己安全生下孩子的人，那當然是再好不過。

以這方面的條件來說，威爾算是最好的人選。

「我倒是希望露易絲小姐能再稍微努力一點。」

布蘭塔克先生如此抱怨，但這種狀況又能要她怎麼樣？

「你們從剛就讀冒險者預備校不久後就認識彼此，又經常出入小子的家，所以希望妳能巧妙地排除掉那位巨乳的小姑娘。」

「布蘭塔克先生講這種話也太勉強人了。即使我們現在和威爾是兩情相悅的關係，也無法在這種狀況下阻止威爾的婚約和今天的約會。」

就現況而言，露易絲說的話是正確的。要陪臣之女和名譽子爵兼教會有力人士的孫女爭奪正妻的寶座，實在太勉強了。

「如果要講這種話，布蘭塔克大人至少也該帶個布雷希洛德藩侯大人的千金小姐過來吧。」

露易絲進一步地反駁布蘭塔克先生。

別看露易絲這樣，她可是我們當中直覺最敏銳又最精明的一個。

而且她有時候會莫名地給人一種像是有見過世面的感覺。

「不好意思啊。這只是大叔在抱怨。」

布蘭塔克先生立刻就承認自己的錯誤道歉。

「不過，你們應該都懂吧？」

然而他也立刻重新振作，並不忘提醒露易絲和伊娜。

布蘭塔克先生想說的是，既然威爾在王都已經變得這麼有名，總之必須努力巧妙地和他發展成那種關係。

雖然感覺這不是應該對未成年少女說的話，但我們畢竟有一半算是貴族。貴族社會真的很嚴苛呢。

「老家是明顯對這點有所期待。」

「我現在已經都不會從老家那裡收到相親的邀約了。雖然就算有，我也不會去。」

對伊娜和露易絲的老家來說，若自己的女兒能成為讓布雷希洛德藩侯中意的屠龍英雄的妾，那自然是再好不過。

因為家世的關係，所以他們原本就一點都不期待兩人能成為威爾的正妻吧。

不過當威爾的婚約者實際出現在我們面前時，我們還是嚇了一跳。

要是女兒嫁過去的鮑麥斯特男爵家將來獲得領地，就有可能讓自己女兒生的孩子當師傅，在那裡開設新的槍術和魔鬥流的道場。

不僅能將弟子送去當新道場的營運人員，還能設法讓他們到鮑麥斯特家工作。

即使是基本上只教武術的流派道場，要是未來能有多一點的就職選擇，自然也會比較容易招募弟子。

即使窮盡武術之道，也無法養活自己。

這似乎是伊娜去世的祖父留下的話。這句話，讓還無法靠劍術養活自己的我深有同感。我主要也是靠弓箭的技術在餬口。

不曉得我有沒有辦法開劍術道場？雖然我完全沒學過任何流派的劍術。

「你們也很辛苦呢。」

「目標！成為威爾的妾並創立魔鬥流道場鮑麥斯特男爵領地分部，以及成為第一代師傅的母親！」

「呃。那我也一樣是創立槍術道場鮑麥斯特男爵領地分部，以及成為第一代師傅的母親？」

「伊娜，這時候必須猥褻地說要成為愛人或妾啦。」

「那不是很難為情嗎……」

「伊娜小姐，現在可不是難為情的時候。」

看著露出不同於平常冷靜的表情、變得滿臉通紅的伊娜，布蘭塔克先生提出要她別害羞並積極向前的忠告。

否則一定會輸給那個艾莉絲。

「不過，那位叫艾莉絲的小姐的確是個威脅。」

布蘭塔克先生和那位金髮巨乳少女艾莉絲之間並沒有什麼隔閡。

實際交談過後，就會發現她是個既坦率又可愛的女孩，何況伊娜和露易絲原本就沒希望成為威爾的正妻。

而且就在布蘭塔克先生愧疚地支付高額的通訊魔法費用，向布雷希洛德藩侯大人報告時，也發現關鍵的布雷希洛德藩侯那邊並未準備候補的婚約者。

話說回來，布雷希洛德藩侯大人有妹妹或女兒嗎？

「姑且算是有。是一位叫阿妮塔的女性……」

雖然我們從布蘭塔克先生那裡聽說了那位阿妮塔大人的事情，但到底有誰會因為被人推薦娶一個嫁不出去的老女人而感到開心啊？

如果是我，一定會立刻逃跑。

「咦！要讓阿妮塔大人和威爾訂婚嗎？」

「就算是威爾，也一定會生氣吧……」

布雷希洛德藩侯家的兩位陪臣之女，似乎非常清楚那位阿妮塔大人的事情。

兩人稍微板起臉，對布蘭塔克先生提出諫言。

我也覺得年紀比自己母親還大的對象有點太誇張了。

何況那個人似乎直到這個年齡都還沒工作，一直待在布雷希洛德藩侯家裡玩樂，在家臣間的風評也不怎麼好。

因為大家都不會當面對本人這麼說，所以這些風評也不會傳進她的耳裡。

而且無論如何都希望她能嫁出去的家臣們，還會定期勉強為她安排相親。

「大部分的對象，都是年過六十才喪妻並想續絃的貴族老人。雖然本人馬上就拒絕了，但要是想過奢華的生活，真希望她能到夫家那裡過。」

布蘭塔克先生做出非常毒辣的發言。

或許他們兩人之間曾經發生過什麼事也不一定。

「如果是妹妹也就算了，但因為對方是自己的姑姑，所以領主大人也不好對她說重話。大家都小心翼翼地待她。」

「和艾莉絲根本連比都不用比呢。」

露易絲說得真的是太有道理了。

「就算拿來比也沒用啊。真是的，領主大人到底在想什麼……你們兩個，要好好想辦法讓小子喜歡上你們喔。」

「交給我吧！我會用我的魅力漂亮地哄騙威爾！」

「魅力啊……」

無論再怎麼抬舉，現在的露易絲外表都像個十歲左右的孩子。

儘管不是沒有在未來蛻變的可能性，但我實在無法想像露易絲變成身材姣好的成熟女性的樣子。

等等，威爾也有可能其實喜歡嬌小的女孩吧？

其實那樣的貴族也有一定的人數……

許多貴族都希望自己的愛妾是嬌小的女孩。

雖然不是貴族，但我老家的名主中也有這種人。

明明已經年過六十，卻娶了十五歲的繼室。

「我是不曉得小子喜歡的女性類型，但只希望他別太挑剔。」

「為什麼？」

「像那種風光出道的貴族，妻妾一定會不斷增加。這已經可以說是一種真理。」

布蘭塔克先生強力主張這是一件無可避免的事情。

「我也想強力附和這點！」

像我連將來有沒有辦法結婚都不曉得。

貴族排行第三以下的孩子，就是這種存在。

「小子是因為有鼓起勇氣，所以才有這種結果。」

即使布蘭塔克先生這位老練的魔法師判斷威爾能戰勝不死族化的古代龍，但就算有人保證，要一個人面對龍還是需要勇氣。

「正妻的事情已經無力回天了。領主大人就連候補人選都找不到……只能期待小姐們能好好加油啦。」

布蘭塔克先生立刻乾脆地做出結論，開始激勵兩人。

「交給我吧。畢竟妾的地位在事後超越正妻，也不是什麼稀奇的事情。」

露易絲不知為何充滿自信。

某方面來說，她的這種個性真是令人羨慕。

「露易絲小姐真可靠呢。那麼，伊娜小姐呢？」

「我會努力……」

伊娜依然紅著臉回答布蘭塔克先生的問題。

要是她別擺出平常那種冷靜的表情，而用現在這種害羞的臉面對威爾，事情一下就搞定了。

「再兩天就要回布雷希柏格了。等回到那裡後，你們再慢慢哄騙小子吧。」

反正再過不久，我們就要回布雷希柏格了。直到正式結婚前，威爾和艾莉絲都沒什麼機會見面。

「不過和婚約者約會居然還有管家陪同。真是大小姐呢。」

雖然我的老家也有管家，但無論外表還是舉止都是天差地遠。而且就算我也有姊妹，那位管家也不會陪她們一起去約會。

「大概是怕他們直接跑去旅館吧？」

「露易絲小姐的發言還真是激進呢。」

儘管布蘭塔克先生是笑著這麼說，但心裡應該覺得很尷尬吧。

「我下次也請威爾帶我去好了。」

「不，這樣在入口就會被阻止。小子也會生氣吧。」

那裡是禁止未成年人出入的場所，而且突然做出這種事，威爾一定會嚇得退避三舍吧。那傢伙有些地方還滿規矩和慎重的。

我真同情明明才十二歲，就非得面對三位婚約者的威爾。

雖然同時也覺得非常羨慕。

身為一個男人，這是理所當然的吧？

第十二話　與聖女的初次約會

「非常適合您喔。」

「拿來當便服還不錯呢。」

「是的。」

和成為我婚約者的霍恩海姆樞機主教的孫女——艾莉絲的初次約會，比我預想的還要順利。

坦白講，對王都不熟的我根本沒辦法當她的護花使者，身為貴族千金兼實習修女的艾莉絲，也不可能熟悉王都的觀光景點或名店。

當然，這次約會的行程，全都是由不管怎麼看在各方面都非常完美的管家——賽巴斯汀幫忙安排。

我原本還在擔心有管家隨侍的約會會是什麼樣子，但總不能讓兩名年僅十二歲的貴族在王都的街上閒晃，所以這也是無可奈何。

再加上基於安全的考量，根本就不可能讓我們兩人自己約會。

現在除了賽巴斯汀以外，也還有好幾個人在偷偷監視我們。

那些無疑都是霍恩海姆樞機主教的部下。

不過該說賽巴斯汀不愧是管家的模範嗎？

在不需要的時候，他完全不會出現在我們的視野裡，但需要他的時候，他又一定會出現在我們身邊確實地提供協助。

關於管家這種存在，我只有在布雷希洛德藩侯大人的房子裡稍微瞄過幾眼。

而我的老家鮑麥斯特家，當然也沒有這樣的人。

雖然名義上是有，但那只是普通的老村民，與其說是管家，不如說是傭人中地位最高的人。

我老家的傭人，都是上了年紀無法從事農務的人，所以應該說他們只是一群來幫忙處理一些簡單工作的人。

儘管對外是表現得好像我們有請傭人，但因為不會勉強他們做太誇張的事情，所以薪水也非常低。

明明就沒有任何貴族會對鮑麥斯特宗家有幾名傭人有興趣，但這就是所謂貴族的虛榮。

「那麼，就請店員把這件衣服包起來吧。」

雖然對王都的觀光地和名店不熟，但艾莉絲家的衣服，大部分都是請人訂做。

因此她對服裝非常有品味。

在十二歲以前，我只穿過哥哥們的舊衣服，即使是在前世，我也幾乎只穿〇NIQLO和〇夢樂的衣服，對時尚根本是一竅不通。

我認為衣服這種東西只要能穿就好，所以這也是理所當然。

我唯一幾件比較有品味的衣服，就只有埃里希哥哥在生日之類的場合送我的禮物。

「說的也是。謝謝妳。」

「哪裡，畢竟我能幫得上忙的也只有這點小事。」

我久違地度過了一段快樂的時光。

姑且不論什麼約會，我可是和一位外表超漂亮的溫柔美少女一起在王都購物、用餐和觀光。

這樣怎麼可能會不高興。

這陣子都在面對難搞的陛下、貪婪的貴族們，以及肌肉導師。

我那因為忙著應付他們而變得乾涸的內心，久違地獲得了滋潤。

「您覺得那間餐廳如何？」

「餐點很好吃。而且每道料理都活用了素材原本的風味。」

「那是賽巴斯汀推薦的店。」

而且艾莉絲看起來也是個非常好的女孩。

就連我們剛才去吃午餐的那間餐廳是賽巴斯汀幫忙找的事情，都坦白地告訴我。

「（威德林大人，難得兩位第一次約會就這麼開心。為了展現男人的能耐，這時候是不是應該買個紀念品……）」

賽巴斯不忘體貼主人的孫女，小聲地告訴我這是個送禮的大好時機。

真不愧是管家的模範。

「艾莉絲，既然我們已經順利訂立婚約，今天又是我們第一次約會。作為紀念，我想送妳一些東西。」

「那個，真的沒關係嗎？」

「我因為打倒了龍，手頭非常寬裕。」

如果只是要送婚約者飾品之類的禮物，那我身上的錢可說是綽綽有餘。

要是前世也能有這種餘裕……

因為那都是過去的事情了，所以我將這些回憶收進心底。

「（威德林大人，這條路上有間不錯的珠寶店。）」

接著賽巴斯汀又以只有我聽得見的聲音，提供我絕妙的建議。

而且他還在不知不覺間，將我們誘導到目標的店面附近，賽巴斯汀在我心裡的評價愈來愈高了。

坦白講，我甚至希望他能來當我的管家。

「哎呀，歡迎光臨。這位少爺，是要送禮物給這位可愛的小姐嗎？」

一走進賽巴斯汀推薦的珠寶店，一位身材福態、看來像是店主的中年男子便上前招呼我們。

由於這間店專賣高級珠寶，因此似乎有很多貴族的客人，店主也將未成年的我們當成貴族客人看待。

管家賽巴斯汀以巧妙的距離隨侍在我們身邊，應該也是原因之一。

「請問是要找訂婚用的禮物嗎？」

「嗯。」

在我們這個年齡訂立婚約，並趁機送戒指當禮物的貴族，似乎並不少見。

看似店主的人物，搓著手對我們說道：

「哎呀，這真是位可愛的小姐。」

艾莉絲被稱做「霍恩海姆家的聖女」，在王都也算是個名人。

不過因為她今天並不是穿平常那件修道服，所以店主似乎也沒發現她就是傳聞中的聖女。

不曉得是不是因為艾莉絲今天穿連身裙的緣故，我發現店主瞬間瞄了一眼她那對既顯眼又大得不像話的胸部。

我才不會說「那可是我的東西！」這種小氣的話。

畢竟只要是男人，視線自然都會移向那裡。

「那麼，請問您的預算是……」

「現在的行情大概是多少錢？坦白講，我不太清楚這方面的事情。」

儘管我前世不是沒有送過女性首飾，但想也知道學生靠打工送給女朋友的聖誕禮物，和送貴族千金訂婚戒指是完全不同的狀況。

而且我的老家又和貴族的習慣徹底無緣。

因為沒有人教過仍是孩子的我，所以我對這方面的事情非常陌生。

「行情大約是一枚金幣上下。」

換算成日幣，大約是一百萬圓。

既然是貴族送給婚約者的戒指，那這價格應該還算妥當。

如果是正式的結婚戒指，行情應該又不同了。

「這種程度算普通嗎？」

「是的，畢竟總不能要貴族大人將便宜貨戴在身上。」

雖然一部分是基於店主賣出愈貴的戒指就能賺愈多的慾望，但要是向貴族推銷便宜貨反而會顯得失禮，所以果然還是想向客人推銷昂貴的商品吧。

「那枚戒指看起來滿特別的呢。」

在店主向我推薦各款戒指的這段期間，我在櫥窗的角落發現一枚氣氛和其他陳列的商品迥異的戒指。

「是的。因為那是在中央裝飾了特殊魔晶石的特製商品。」

基本上，魔晶石的體積愈大，就能儲存愈多魔力，價格也會跟著變高。

雖然效果有限，但在數量稀少的魔法道具工匠中，有些人製造的魔晶石就算不大，依然能夠有效地將大量魔力儲存在裡面。

這枚戒指，就是那種魔法道具工匠的作品。

不過這項技術，似乎只能用在小型的魔晶石上。

理由很簡單，要是在魔導飛行船那種等級的巨大魔晶石上施加這種處理，關鍵的魔法道具工匠恐怕在魔力耗盡的瞬間就會昏倒。

反倒是即使用了中級等級的魔法師的魔力，依然連讓魔導飛行船浮起來都沒辦法。

原來如此，難怪船票錢會那麼貴。

「雖然魔晶石的效率化是有極限的，但這枚戒指上的魔晶石，能夠儲存中級魔法師等級的魔力。此外，既然是擺在本店裡，那當然也能當成首飾使用。」

「當成首飾？」

「這是還沒灌注魔力時的狀態。一旦灌入魔力，就會散發綠寶石般的光芒。」

然而，這樣價格當然會高到普通的寶石完全無法比擬的程度。

「坦白講，這商品處理起來實在是有點棘手……」

店主原本以為賣得出去，才特地向知名魔法道具工匠下訂單並進貨，但結果完全無人問津。

「仔細想想，會用魔法的貴族意外地少……」

魔法的才能與遺傳完全無關。

以前有個特地統計資料的知名研究者曾如此斷言，但基本上要是和遺傳有關，貴族裡早就一堆魔法師了。

儘管有些魔法師能透過立下功績被敘勛，但他們的子孫卻完全沒有才能。

像這樣的例子實在多不勝數。

因此艾莉絲的家族，可以說是相當稀有的存在。

包含阿姆斯壯導師在內，這對舅甥居然都是知名的魔法師。

「而且有錢買這枚戒指的人，都寧願買其他鑲了更大更漂亮的寶石的戒指。」

「而普通的魔法師，又會因為這是昂貴的首飾而買不下手？」

「是的。」

的確，仔細一看，指環的素材是使用白金，而魔晶石的周圍也鑲了許多小顆的鑽石。

雖然魔法道具的價格昂貴是理所當然，但再加上首飾的價值後，就變得更貴了。

「這要多少錢？」

「價格是三百萬分。」

換算成日幣，就是三億圓。

即使是貴族，也無法輕易出手的價格。

「其實原價是五百萬分，但既然那樣賣不出去，就只能打折賤賣了。」

儘管店主講得好像降價是個極度不得已的決定，但無論在哪個世界，商人都很少會做虧本的生意。

大概是這樣賣雖然利潤微薄，但至少能回收下訂時的成本吧。

「只要事先灌入魔力，在魔力用盡時也能使用魔法吧？」

「這是當然。因為是高效能的魔法道具，透過魔力質的共通化，無論是由誰來灌注魔力，佩戴者都能使用。」

若想要有效率地讓魔力在魔法師之間轉移，就需要特殊的才能。

魔力與其說是包含了原持有者的性質，不如說是包含了類似指紋或基因的要素，因此就算移轉給其他人，也會因為無法施展魔法而白費。

要實現魔力的轉移，前提是像布蘭塔克先生那樣先進行魔力質的共通化。

為了保險起見，許多魔法師都會事先將自己的魔力儲存在魔晶石內。

我也同樣為了以防萬一，而準備了好幾十個。

不過如果其他人想利用魔晶石內的魔力施展魔法，頂多也只能使用到裡面百分之五的魔力。

魔法道具在這方面有許多限制，但有極少數的魔法道具工匠，能夠將布蘭塔克先生用來將魔力質共通化的術式刻在道具上面。

此外，由於布蘭塔克先生沒有製造魔法道具的才能，因此他的「魔力轉移」，只能用在人類身上。

『雖然我沒有這方面的才能，但我本不擅長進行那種精細的作業，所以也沒什麼不滿。』

他本人的確是給人這種感覺。

「這不是本人專用的道具，而是通用道具嗎？」

「是的。只要會使用魔法，無論是誰都能利用儲存在裡面的魔力。」

然後透過包含在戒指臺座內的特殊術式，無論當初灌注魔力的人是誰，佩戴者都能自由使用裡面的魔力。

可以說是一枚重現了布蘭塔克先生才能的戒指。

「就是因為包含了這項功能，所以價格才非常昂貴嗎……好，我買了。」

「謝謝惠顧。」

儘管艾莉絲和賽巴斯汀看起來都非常驚訝，但讓身為治癒魔法高手的艾莉絲擁有這枚戒指有很大的意義。

既然我無法像布蘭塔克先生那樣將魔力轉移到其他魔法師身上，就不應該在這種魔法道具上省錢。

雖然在想將魔晶石內的魔力轉移給他人時，需要像這種昂貴的道具，但如果只是要拿來當像是魔導飛行船的能量來源，就不需擔心這個問題。

這個世界的魔力，真的是種麻煩的東西。

王國的研究院目前也持續在進行魔法技術的研究，可是似乎仍尚未做出什麼了不起的成果。

「那個……這禮物實在是太昂貴了……」

「這東西的確是很貴。不過我最近剛好有筆龐大的臨時收入。」

「可是……」

「我們未來將成為夫婦吧？或許以後我也會用到這枚戒指裡的魔力也不一定。」

將被我打倒的兩頭龍的素材賣掉後，再加上師傅留給我的遺產，我身上仍有千枚以上的白金幣。

因此我的感覺已經變得有點麻痺，不覺得這枚戒指有特別貴。

「只要事先灌入魔力再佩戴在身上，要是發生了什麼意外狀況，不就能使用魔法了嗎？」

「可是……」

「教會應該更是經常會用到治癒魔法吧？」

「謝謝您，我會好好珍惜的。」

大概是因為如果繼續拒絕下去，反而會顯得失禮吧。

艾莉絲坦率地收下了我買給她的戒指。

我會送她這枚戒指，其實不只為了前述的理由。

這是一種對霍恩海姆樞機主教的威脅。

要是讓艾莉絲這樣的名人戴著這麼昂貴的訂婚戒指——

因為這既是魔法道具又是裝飾品，所以艾莉絲一定會持續戴在身上，並被周圍的人看見。

這樣傳聞應該很快就會散播出去。

如此一來，要是霍恩海姆樞機主教以後在我被捲入貴族間的紛爭時，突然捨棄我或是孤立我，事情會變得怎麼樣呢？

「鮑麥斯特男爵明明買了價值三枚白金幣的訂婚戒指送給你的孫女當禮物，而你居然還捨棄他。」——霍恩海姆樞機主教一定會因此被當成冷血的男人，名聲也會跟著大幅受損。

請你用教會的力量保護我吧。畢竟這有一半算是我和教會的訂婚戒指。

「喔，真的能補充魔力呢。」

我按照店主的說明，在觸摸魔晶石的同時，於腦中想像將魔力灌入裡面的畫面，接著原本呈灰色的魔晶石，開始發出綠寶石般的光輝。

「客人您果然是魔法師啊。話說回來，那位有名的屠龍英雄鮑麥斯特男爵好像正在王都，而且他還和『霍恩海姆家的聖女』訂了婚約。」

「怎麼，原來你發現啦？」

看來這位店主早就發現了我和艾莉絲的真實身分。

「雖然有一半是基於直覺，但我當下就覺得應該向您推薦這枚戒指。」

「不愧是生意人。」

「是的，畢竟我就是靠這個在生活。」

儘管有種被人看透的感覺，但既然順利送了艾莉絲一枚既美麗又實用的戒指，還是別太計較好了。

而且這位店主似乎不打算向其他人大肆宣傳我們來光顧過這裡。

「本店的商品都很昂貴。因此即使是從安全方面的觀點來看，也必須小心不要洩漏顧客的資訊。」

而且貴族有時會送不太方便被別人知道的女性首飾吧？我將這句諷刺的話留在自己的心裡。

在順利結束與艾莉絲的首次約會，並買了訂婚戒指給她後，感覺心裡總算放下了一塊大石。

中場四　聖女大人的狀況

「爺爺，我回來了。」

「嗯。結果怎麼樣？那位屠龍英雄。」

在結束與威德林大人的初次約會回到家後，我發現爺爺難得這時候就已經在家裡等待。平常這個時間，他應該還忙著在教會總部工作。

想必一定是很在意我和威德林大人的初次約會是否順利吧。

「我們一起去購物和用餐，他還買了禮物送我。」

「這樣啊……賽巴斯汀。」

爺爺向在我身後待命的賽巴斯汀搭話。

賽巴斯汀是位優秀的管家，因此經常向爺爺報告他對自己接觸過的人物評價。爺爺也常常參考他的評價。

「我覺得威德林大人雖然年輕，不過是位非常能幹的人。與此同時，我覺得在他的內心深處，也蘊含了慎重和膽小的部分。」

「為什麼你會這麼想？」

「因為他送給艾莉絲小姐的禮物。」

爺爺將視線移向我手指上的戒指。

那枚鑲了昂貴魔晶石的戒指，讓他的表情難得動搖了一下。

「真是個愛耍小聰明的孩子。不過，這樣也好。」

「只要在那個年紀，就理解教會的力量。」

「他有適當地在提防我們。只要他不是個單純的魔法笨蛋就好。艾莉絲也不討厭他吧？」

「是的。」

「那表示老夫的決定沒有錯。今天就先到這裡為止吧。」

爺爺的這句話，讓我回想起他要我成為威德林大人妻子那天的事情。

「艾莉絲，妳的丈夫人選已經決定了。是鮑麥斯特準男爵大人。」

大約半個月前，爺爺突然在我回家時告訴我這件事。

「那位屠龍英雄嗎？」

「沒錯。那位屠龍英雄將成為妳的丈夫。」

「這樣沒問題嗎？那位屠龍英雄的爵位是準男爵……」

雖然麻煩，但霍恩海姆家是子爵家。

既然至今甚至曾經拒絕過公爵家的提親，如果我的丈夫沒有男爵以上的爵位，應該會有人出來抱怨。

「不用擔心是否門當戶對的問題。陛下說他馬上就會晉升為男爵。」

「該不會是因為帕爾肯亞草原的事情吧？」

我今天在教會那裡收到了因為王國軍將對帕爾肯亞草原出兵，所以我必須以協助治療的名義參加遠征軍的命令。

其他治癒魔法的使用者，以及將在現場弔祭戰死者的從軍神父們，將一起被視為從軍神官。

雖然那隻老地龍過去曾多次擊退王國軍，不過據說這次傳聞中的屠龍英雄也會先發上陣，因此教會的主教大人也說不必擔心。

再加上身為王宮首席魔導師的舅舅，以及布雷希洛德藩侯家的王牌，那位著名的專屬魔法師布蘭塔克大人也會參加。

包含我們在內，派遣軍的主力部隊應該不會與老地龍戰鬥。

看來王國這次是認真地打算攻略帕爾肯亞草原。

「等鮑麥斯特準男爵大人從遠征回來後，將預定前往聖教會總部進行正規洗禮。到時候老夫會將妳介紹給他。」

「我知道了。」

他到底會是個什麼樣的人呢？

我曾經聽爺爺說過，威德林大人是一位貧窮貴族家的八男，甚至還曾經被宗主的家臣們瞧不起。

那樣的人，居然打倒了龍並獨立成為貴族家的當家。

我很在意他的心境究竟如何。

在王國開始對帕爾肯亞草原出兵的期間，我一面於設置在主力部隊旁邊的醫護所內治療傷者，一面想著這些事情。

過程中不斷傳來關於先行出發的舅舅他們的報告。

舅舅利用擅長的魔法與戰鬥技術，封住了龍的行動。

聽說屠龍英雄趁這段期間準備的戰略級魔法，輕易地葬送了老地龍的性命。

布蘭塔克大人甚至還說了「只要浮在旁邊就好真是輕鬆。雖然要是鮑麥斯特準男爵大人不在，事情可能會有點麻煩」。

儘管舅舅的魔法戰鬥術能夠壓制老地龍，但魔力的消耗量也非常龐大，印象中只能連續戰鬥數分鐘。

「果然魔力消耗量計算得太天真了！要是無法在全力行動的八分鐘內殺掉對手，死的就是在下了！」

舅舅向前來偵察的士兵如此報告。

在老地龍死後，舅舅們依然留在前線持續討伐魔物。

這是為了持續排除可能對軍隊或志願參加的冒險者造成危險的魔物。

雖然我心想「真不愧是舅舅」，但即使如此，每天依然會有超過百名的傷患被送進醫護所。

我也和大家一起拚命地治療傷患，但按照年邁神父的說法，就算是這樣的狀況，也比以前要好得多了。

「老夫年輕時，也曾基於上上代國王的命令，加入攻略帕爾肯亞草原的軍隊。」

據說當時老地龍只靠幾發吐息，就瞬間奪走了幾千名士兵的性命，倖存的士兵們也大多是不曉得能不能撐到隔天的重傷患，偏偏他們又在這種時候遭到魔物的追擊……

別說是搬到醫護所了，他們只能邊撤退邊治療看起來還有救的人，並拋棄剩下的人，老神父痛苦地訴說著當時那地獄般的慘狀。

「無法救援的士兵們，就被丟在魔物預定會經過的地方。這樣就能趁他們被折磨或吃掉的期間爭取時間。大家都哭著丟下戰友。」

「即使用復活魔法可能救得了他們嗎？」

「同樣的魔力，能夠施展好幾十次的治癒魔法，就只是如此而已。」

大概是想起了當時的狀況吧。

老神父表情苦惱地說著。

然後，這次也並非沒有出現戰死者。

雖然只要是在心跳停止的數小時內，許多狀況都還有機會復活，但要是身體的損傷過於嚴重，就算使用復活魔法也沒有意義。

即使勉強以魔法復活，還是會再度因為傷重而死。

治癒魔法無法對心跳停止的身體產生效力，因此復活魔法也不是完美的。

基本上，會使用復活魔法的人原本就極為稀少。

「聖女大人，您沒事吧？」

過多的傷患、偶爾會出現的戰死者，以及過於悽慘的現場，許多擔心的人因為關心我而向我搭話。

「我沒事。」

無法在這時候示弱的我，只能勉強對大家露出笑容。

沒錯，因為我是霍恩海姆家的聖女。

在那之後，我第一次見到了威德林大人。

我原本還擔心會是位外表粗獷的人，幸好他是個普通人。

第一次的約會，也非常開心。

威德林大人明明是第一次來王都，卻在沒什麼機會觀光的情況下直接從軍，所以賽巴斯汀的導覽也讓他很高興。

平常即使和別人講話，大部分的人也只會將我當成「霍恩海姆家的聖女」接待，不過威德林大人將我視為一個普通的女孩子對待。

「霍恩海姆家的聖女啊。因為突然被人稱作屠龍英雄，所以我能夠了解，那樣讓人有點壓力對吧？」

「會有壓力嗎？」

「我的膽子還沒大到被人稱作英雄，還能坦率感到高興的程度。」

在威德林大人這麼對我說時，我覺得首次遇見了能夠理解自己心情的人。即使我無法使用治癒魔法，那位大人應該還是會用相同的方式對待我吧。他給人這種感覺。

「雖然你們在成人前都還只是訂婚狀態，但這段期間比起教會的工作，要更以鮑麥斯特男爵為優先。」

「是的。這是當然，不過……」

我聽說威德林大人正在念布雷希柏格的冒險者預備校。

這表示我也必須定期前往布雷希柏格嗎？

「要是讓鮑麥斯特男爵回布雷希柏格，那傢伙可能會產生一些不該有的念頭。所以我拜託陛下幫忙牽制那傢伙了。」

爺爺說的「那傢伙」，應該是指布雷希洛德藩侯大人吧。

「那傢伙還讓兩個家臣的女兒跟在鮑麥斯特男爵的身邊。這意圖實在太明顯了……艾莉絲不可能輸給她們，妳只要表現出符合霍恩海姆子爵家之女的舉止就行了。」

「是的。」

基於身分上的差距，那兩人無法成為威德林大人的正妻。

爺爺的意思是不需要勉強排除那兩人，但要以將她們當成側室管理的氣概去面對。

「老夫能說的，就只有這些了。」

「我會努力達成爺爺的期待。」

就在我如此回答並準備離開時，爺爺突然笑著說道：

「艾莉絲總是會完成老夫的期待。是老夫驕傲的孫女。如果情況允許，老夫也希望能讓妳嫁給自己喜歡的男人，但只要妳是這個家的人就沒辦法。老夫不會向妳道歉，但會祈禱妳能以鮑麥斯特男爵之妻的身分，過著幸福的生活。」

「感謝爺爺的關心。」

爺爺平常是個嚴厲的人，但其實對我非常溫柔。

「我確信自己能和威德林大人好好相處。」

「那個男人之後也將成為王國話題的中心，面臨的麻煩事也會跟著增加。儘管人生不會因此感到無聊，但還是要注意自己的身體。」

「是的。」

在那之後，我馬上離開爺爺身邊，回到自己的房間。

雖然是突然決定的婚約者，但威德林大人是個溫柔到讓人難以想像能立下那麼多功績的人。

所以有件事我可以確信。

那就是我一定能以妻子的身分和他好好相處。

第十三話　王都留學

「小子，領主大人寫了封信給你。」

「信嗎？」

在結束和艾莉絲的初次約會返回布朗特家後，布蘭塔克先生交給我一封信。

寄信人是已經正式成為我宗主的布雷希洛德藩侯大人。

「我看看……布蘭塔克先生，這是真的嗎？」

信上寫著「預備校將頒發畢業證明給你，你就繼續留在王都進行冒險者的修行吧」。

「當然是真的。那封信不是領主大人親自寫的嗎？」

「的確是這樣沒錯。」

不過有件事情還是讓我無法接受。

那就是布雷希洛德藩侯大人居然要我別回去好不容易才能就讀的預備校，還突然要我留在王都進行冒險者的修行。

「布蘭塔克先生，這到底是怎麼回事？」

艾爾比我早一步向布蘭塔克先生問道。

因為這不僅是針對我的處置，信上還提到艾爾他們也將面臨相同的狀況。

「這就是所謂大人的原因。」

布蘭塔克先生開始說明布雷希洛德藩侯大人寄這封信過來的意圖。

首先，由於未成年的我已經打倒了兩頭龍，因此就算繼續念布雷希柏格的冒險者預備校也沒有意義。

「事到如今，小子還能從那間預備校的講師那裡學到什麼嗎？」

「呃，不是還有冒險者需要的知識，或是魔法以外的技術嗎？」

「那種知識在王都也能學。這裡不只有為冒險者設立的專科學校，還有其他各式各樣的學校，讓你學自己想學的東西。」

預備校的魔法師原本就不怎麼厲害。

是位早就從冒險者這行退休、年齡超過八十歲的老先生。

魔法師還在工作時，都忙著以冒險者的身分賺錢，而在約六十歲之前，則是能在貴族家或商家享受極高的待遇。

因此必然只剩下這種老人願意擔任魔法的講師。

光是有魔法的講師在，就已經算是不錯了，其實無論哪間預備校或學校，都面臨了魔法師不足的嚴重困境。

「艾爾小子、伊娜小姐和露易絲小姐也一樣。因為就算繼續留在布雷希柏格的預備校過著不受關注的生活也沒意義，所以就留在王都向一流的專家學習吧。」

和其他同年的學生相比，艾爾他們原本就擁有壓倒性的實力。

由於冒險者預備校的武藝講師和魔法師一樣，缺乏擁有一定實力的高手，因此他們原本就無法教導實力和自己差不多的艾爾他們。

就算不是魔法師，武術達人也會優先以冒險者的身分賺錢。

因此除了臨時講師以外，很少會有願意擔任預備校專任講師的怪人。

拜此之賜，艾爾他們在來王都前雖然會正常出席平日的講課，但實習時，我們就只能和自己隊伍的成員進行模擬戰。

「艾爾小子，瓦倫似乎願意在空閒的時間指導你喔。」

瓦倫先生曾經和師傅學過操作魔力的基礎，是位魔法劍的高手。

而且他還靠自己的實力當上了近衛騎士團中隊長，因此應該有能力擔任艾爾的劍術老師吧。

「他好像還願意幫伊娜小姐介紹近衛騎士團內的槍術高手呢。」

「呃，那我呢？」

「露易絲小姐預定也會有個好師傅。」

雖說位於核心都市，但我們以前念的依舊是開在南部邊境的預備校，因此無論想學什麼，的確都是在王都學習比較有利。

不過特地賣我們人情，並從布雷希洛德藩侯大人那裡獲得許可的人物，到底有什麼好處？

我不禁陷入沉思。

「這次的事情，陛下也有參與。所以領主大人也只能選擇答應。」

按照布蘭塔克先生的說明，就是先下手為強，對於未來感覺會很有前途的我們賣一個人情的意思。

由於過去只是個貧窮騎士爵家的八男，因此完全沒被王宮的人注意的我，突然打倒了兩頭龍並當上男爵。

所以無論哪個貴族，當然都會希望我能加入他們派閥。

不過因為我的老家是布雷希洛德藩侯大人的附庸，所以其他人無法從他手中搶走成為我宗主的權力。

下一個籠絡我的方法，就是對留在不熟悉的王都的我提供協助，不過這也因為我是來出席入贅到布朗特騎士爵家的埃里希哥哥的婚禮而失敗。

雖然只是下級貴族但代代擔任財務領域官員的布朗特家，是財務派閥的蒙傑拉子爵的附庸，而蒙傑拉子爵又是財務卿盧克納侯爵的附庸，所以布朗特家在他們的指示下幫忙照顧我們。

雖然埃里希哥哥原本就打算幫忙打理我們停留在王都這段期間的食宿，但拜此之賜，他們後來似乎還出錢援助了布朗特家。

再來就是不只埃里希哥哥，只要保障在王都工作的三男保羅哥哥和四男赫爾穆特哥哥的將來，也足以算是賣我一個人情。

居然能想到這些事情，該說真不愧是大名譽貴族嗎？

至於關鍵的陛下的作法，則是讓他的好友，王宮首席魔導師阿姆斯壯導師的外甥女，成為我的婚約者。

而且因為她的祖父是在王國擁有極大影響力的教會幹部霍恩海姆樞機主教，所以這同時也是賣了教會一個人情。

「能打倒龍的魔法師非常珍貴。所以大家都想和你建立關係。」

「然後因為被太多人搶先，害你被布雷希洛德藩侯大人罵了一頓。」

「……小子，別亂挖別人的傷口啦。總而言之，在滿十五歲之前，你們就在王都好好地學習和鍛鍊吧。」

這似乎已經是決定事項。

無論魔法比多少人強，個人都難以反抗國家和權力。

反正也沒遭到不合理的對待，在成人並正式以冒險者身分出道前，就接受陛下的好意吧。

我是這麼想的。

「住王都是無所謂，但我在布雷希柏格的房子該怎麼辦啊？」

「啊？只要偶爾用魔法回去不就好了？小子會用瞬間移動魔法的事，陛下也已經知道了。」

「這麼說也對。」

「唉，再怎麼說，也不能長期打擾剛新婚的布朗特家。我這邊會適當幫你準備住處。」

我原本應該是要趁暑假出席埃里希哥哥的婚禮，並順便來王都觀光才對……

結果不知為何正式被封為貴族，在成人之前還都得在王都生活。

面對自己命運的大轉換，我只能一半驚訝，一半隨波逐流。

第十四話　桃色河馬小姐

在討伐完古雷德古蘭多，訂立婚約和決定停留在王都後，我、艾爾和布蘭塔克先生一同步行前往王都郊外的森林。

好像是因為收到了冒險者公會的特別委託。

雖然這是無所謂，但不知為何，就連阿姆斯壯導師也與我們同行。

「那個……為什麼導師會和我們一起行動啊？」

「嗯，因為這次的魔物有點棘手。」

「不對，重點不是在這裡……我們還未成年耶。」

「雖然在分類上是屬於魔物，不過這個『桃色河馬小姐』並不是居住在魔物領域。」

克林姆．克里斯多夫．馮．阿姆斯壯子爵。

他明明是王宮首席魔導師，但在為了殲滅魔物展開遠征時，他不僅直接將魔物的肉烤來吃，吃起肉的樣子甚至還比山賊有模有樣。

無論是從外表或肌肉來看，都讓人難以想像他居然會是那位巨乳天使，艾莉絲的舅舅。

阿姆斯壯導師還是一樣不怎麼聽別人說話。

即使問他理由，他也只回答關於「桃色河馬小姐」的事情。

「我們不是一起討伐古雷德古蘭多的夥伴嗎？你這麼見外，會讓在下覺得很難過啊！」

「不，我不是這個意思……」

阿姆斯壯導師抓著我的肩膀強力主張，害我覺得那裡的骨頭好像要斷了。

「（威爾。我覺得跟他說什麼都沒用喔。）」

艾爾輕聲在我耳邊說道。

「特別委託是和『桃色河馬小姐』有關啊。我可以回去嗎？」

「你不知道嗎？布蘭塔克先生。」

「我只聽說這是來自王國高層的委託，以及導師也會一同隨行……」

雖然是因為大人的原因無法拒絕的任務，但因為聽說不會有生命危險，所以布蘭塔克先生就接受了。

看來這就是真相。

「不過，那是魔物吧？」

「艾爾小子，不用擔心啦。『桃色河馬小姐』不會殺人，就算是未成年人也有辦法處理。」

講是這樣講，這次伊娜和露易絲卻沒有參加。

這讓我感覺一股危險的氣氛……

是我的錯覺嗎？

「可是我非常想回去。」

「「喂……」」

看來連布蘭塔克先生這種老練的前冒險者，都不想面對這個「桃色河馬小姐」。

然而他卻要叫我們過去……

害我跟艾爾忍不住同時吐槽了。

「然後呢，那個『桃色河馬小姐』是什麼樣的魔物？」

光聽名字，我只覺得會是個充滿幻想氣氛的河馬，但說不定牠其實有很厲害的必殺技？

話說回來，為什麼要在牠的正式名稱後面加上「小姐」啊？

好想把命名者抓出來問。

「因為冒險者公會的所有人都拒絕，所以這個爛攤子才會落在我們身上。」

看來導師也是臨時才參加這件委託。儘管這支隊伍的成員陣容非常豪華，但不祥的預感卻愈來愈強烈。

為什麼會讓我和艾爾這種實習冒險者處理這種委託呢？

或許是看穿了我內心的想法，阿姆斯壯導師開始說明：

「這次的委託重點不是在討伐，而是在保護。」

「保護嗎？」

阿姆斯壯導師接著說明道：

「這個名叫『桃色河馬小姐』的魔物，平常並不住在魔物的領域，而是棲息在一般森林的清澈泉水邊。全身的顏色就和牠的名字一樣是粉紅色。這種魔物只有母的，即使單體也能產卵繁殖。甚至還有記錄提到牠的壽命足以和龍匹敵。總而言之，就是非常長壽的魔物。」

當然，與這麼漫長的壽命成比例，牠們很少會產卵。

個體數量也非常稀少，現在似乎被王國指定為保育動物。

「是保育動物？不是保育魔物？」

「不管哪邊都沒差。總之非常棘手就對了。」

沒想到這個世界居然有保育動物的概念。

而且保育起來還非常棘手。既然連布蘭塔克先生那種程度的高手都覺得討厭，想必一定很麻煩吧。

「牠們的蛋殼是非常貴重的藥材！」

「是藥嗎？」

「是治療性無能的特效藥！」

王侯貴族們似乎就是基於這個原因，才想確保……或是該說保育「桃色河馬小姐」。

為了讓牠舒服地產卵，並在卵孵化後拿走蛋殼。

這次的委託，似乎是依照王國的大人物們、阿姆斯壯導師、冒險者公會的順序，並在最後落到我們的頭上。

「這次預定將由我們保護的個體，似乎比預期的時間還早產卵了。」

「已經產卵啦。這樣沒問題嗎？」

「很危險嗎？」

「是唯一危險的時間點。」

「桃色河馬小姐」平常好像是非常溫馴的魔物。

儘管被歸類為魔物，但甚至比豬還要溫馴。

牠們只會棲息在位於森林的清澈泉水邊，並吃長在附近的草。

只要不加害牠們，牠們似乎絕對不會主動襲擊。

可是，牠們就只有在產卵後會為了保護卵而變得凶暴。

話說回來，我在前世時也曾聽說過非洲的河馬其實意外地凶暴。

「講是講凶暴，但牠們其實並不會朝我們衝過來。」

「所以是只會威嚇敵人嗎？」

「如果只有這種程度，就不會所有人都拒絕委託了。」

提示似乎是蛋殼能夠拿來治療性無能的部分。

「『桃色河馬小姐』會對企圖加害自己和卵的敵人使用特殊的招式。」

那似乎是一種結合了催眠術和幻術的精神攻擊。

「精神攻擊嗎？」

「這招無論是什麼魔法師，都無法防禦……」

由於只要中招，就會帶來極為悲慘的結果，因此這次才不讓女性參加。

「意思是男性犧牲也無所謂嗎？」

「別這麼說。或許小子有辦法用魔法防禦也不一定。」

「沒錯，在下之前也因為『魔法防禦』失敗，而吃了不少虧！若情況允許，在下這次也不想參加！不過，這次有少年這位艾弗烈的弟子在！在下……在下想將可能性賭在你的身上！」

沒救了……

我現在只剩下非常強烈的不祥預感。

目標的「桃色河馬小姐」，就待在森林深處的泉水邊。

牠收集草製作巢穴，在那裡守護卵。

「所謂的保護，是要將牠帶到其他地方去嗎？」

「沒錯，要將牠帶到王國準備的特別保護區。上吧……」

不過這時候錯就錯在不該讓身為粗獷肌肉男的阿姆斯壯導師走近牠。

或許是以為我們想搶走牠的卵？

「桃色河馬小姐」將卵藏在自己背後，開始以小小的眼睛注視著我們。

「咦?牠沒有威嚇我們?」

然而,這是我的認識不足。

由於「桃色河馬小姐」的眼睛在這段期間內都沒有移動,因此我也無意識地和那雙小小的眼睛對上視線。

「糟了……這是……」

看來我們似乎中了牠的陷阱。

之後無論再怎麼反抗,我們都無法從「桃色河馬小姐」身上移開視線,意識開始變得模糊,最後視野角落出現了類似桃色霧氣的東西。

「果然小子也不行啊!」

即使我事先就已經施展了妨礙睡眠魔法等招式的「精神防禦」,但似乎完全沒有效果。

我的身體逐漸失去自由。

「唔,身體不能動了!」

「沒辦法了。這時候就只能乾脆地做好覺悟,祈求神明之後能夠寬待我們了。」

「哪有這種說法啊!」

就在布蘭塔克先生對這次的元凶阿姆斯壯導師抱怨的期間,視野內的桃色霧氣逐漸增加,我就這樣失去了意識。

「醒醒啊，信吾同學。」

「咦，這裡是？」

＊　＊　＊

等我醒來後，人已經不在森林裡面。

這裡是我不可能再次見到的，平成日本傍晚的教室。

在確認自己的狀況後，我發現身上穿的是高中時代的制服，就連外表都變回前世的樣子。

中分的黑髮、中等的身材，以及戴著眼鏡的普通外表，一個隨處可見的學生。

這就是我的高中時代。

「怎麼了？信吾同學。」

接著我看向叫醒我的那位同樣穿著制服的女性，她看起來非常眼熟。

是我在高中時代曾經喜歡過的女性。

她就是縣立櫻丘高中的偶像，伊集院靜香同學。

擔任學生會長的她，在課業和運動方面都極為優秀。

此外她的性格也很好，深受同學和學弟妹的景仰。

許多男性都送了情書給她或向她告白，但都被乾脆地拒絕了。

至於我則是連這些事都做不到，只敢遠遠地看著她。

當然，我和她幾乎沒說過話，但她現在卻主動向我搭話。

「呃，沒什麼。那個，差不多該回家了吧？伊集院同學。」

「信吾同學，叫我靜香。」

「咦？真的假的？」

現在的我不是威爾，而是以一宮信吾的身分在行動，但我完全不覺得不對勁。

我明明應該是在和艾爾、布蘭塔克先生與肌肉導師一起去森林保護魔物，可是我一點都不覺得現在的這個狀況很奇怪。

「呃……靜香。」

「嗯，信吾同學。」

在高中時代幾乎沒機會說上話的她，是我憧憬的偶像。

那樣的她，居然直接呼喚我的名字。

我甚至感覺得到自己的臉正逐漸變熱。

「信吾同學。」

「是的。」

「大家都已經回去了。」

現在的時間，是傍晚六點半，大概只剩下操場還有在進行社團活動的人。
教室裡，只剩下我們兩個人。
「所以啊……」
說完這句話後，她將臉轉向我並直接閉上眼睛。
這是！
這該不會是！
她很可能是為了和我接吻，所以才閉上眼睛。
不過我同時也想到可能只是有灰塵跑進她的眼睛，會有這樣的想法，果然是因為我以前缺乏女人緣嗎？
在放學後的教室接吻，我一直以為這是只會在故事或都市傳說內出現的場景。
可是，要是在這時候慌了手腳，只會招致出乎意料的失敗。
我姑且先做了幾個深呼吸……
不愧是缺乏女人緣的我。
現在我的內心，已經充滿了足以媲美世界大戰爆發前的強烈喧囂。
不過，既然女孩子都已經做到這種程度了，再來就只剩下自己主動親上去。
活著真是太好了！
抱持著這樣的想法，我閉上眼睛與她雙唇交疊，接著我們兩人互相將手繞到對方的背後擁抱彼此。

雖然不是第一次，但這種沒經驗過的接吻果然很棒。

高中女生特有的香味，嘴唇柔軟的觸感。

除此之外，她那柔軟的身體更是讓我的情緒逐漸高昂了起來。

真希望能永遠維持這樣。

這感覺真是棒透了。

不過我明明正處於幸福的頂端，居然還有人沒禮貌地搖晃我的肩膀。

竟敢妨礙這麼美好的時光，就算是個性溫和的我，也有點想要發飆了。

好了，準備成為上級魔法的餌食吧。

我憤怒地發抖，同時睜開眼睛……

＊　＊　＊

地獄的光景在我眼前展開。

我明明應該正在傍晚的教室，和憧憬的偶像靜香接吻，為什麼此時出現在我眼前的，會是一張長方形的粗獷大臉，以及被剪成鳳梨頭的頭髮呢？原來是鼻子底下留著完美八字鬍的肌肉導師，正以特寫的方式呈現在我眼前。

「你總算清醒了！」

「呃，導師？」

我明明應該正在和高中時代單戀的對象接吻，但睜開眼睛後，眼前卻是肌肉導師的臉。

此外，我的手還繞到肌肉導師的背後，導師也將手繞到我的背後，我們兩人正處於互相擁抱的狀態。

「我不想承認！」

原本的感覺明明是那麼的棒，謊言只要不被拆穿，就不算是謊言。

即使肌肉導師抱緊我的力道，正逐漸讓我的背和肩膀發出哀嚎，或是那股力道強到快要讓我的骨頭出現裂痕也一樣。

要是能一直不醒來，就能沉浸在幸福中了。

「我了解你的心情，但還是正視現實吧。」

搖晃我肩膀的人，似乎是在我背後的艾爾。

而且他不知為何，極力避免和布蘭塔克先生對上視線。

理由不用說也知道。

「就像這樣，『桃色河馬小姐』會對人施展勾起色欲、類似幻術的招式！這下你們明白為什麼這次沒帶女性一起過來了吧？」

的確，要是讓艾爾、導師或布蘭塔克先生，和伊娜或露易絲接吻，可是會傳出不好的流言。一個弄不好，或許會演變成其他貴族跳出來說「像她們這種不檢點的女孩子，應該沒資格當鮑麥斯特男爵的妾吧？不如讓我的女兒來代替……」之類的話。

所以導師才會連對布蘭塔克先生都沒說明，就直接把我們帶來這裡。

「明白了……話說導師……」

「什麼事？」

「失禮了！」

我硬是將依然抱著我的導師甩開，直接移動到附近的草叢。

然後……

「唔嗯——！這是我一輩子的心靈創傷啊——！」

「在下的性向也很正常，只喜歡女性啊……」

和那個肌肉導師接吻的心靈創傷，讓我暫時只能在草叢那裡吐個不停。

「不過這隻河馬好像仗著自己是保育動物，就囂張了起來……」

「我說啊，威爾。河馬哪有什麼囂不囂張的……」

在那之後為了保護河馬，我們又挑戰了幾次，但結果全都失敗了。

我的記憶裡也多了合計三次的心靈創傷。

第二次的場景，是在國中參加的游泳社社辦。

身為萬年板凳選手的我，明明正在和擔任經理的可愛同班同學接吻，但一睜開眼睛，就發現布蘭塔克先生正板起臉瞪著我。

「感謝你這個熱情的吻。」

「布蘭塔克先生才是。拜託你快利用你的經驗設法防禦那隻河馬的招式啦！」

「就是因為辦不到，所以我才不想來啊！」

原來如此，難怪大家都不願意接受委託。

因為就連布蘭塔克先生，都拿那隻河馬沒辦法。

「再試一次看看。」

「明知道會失敗……這不是我認識的布蘭塔克先生。」

「因為是這種契約，所以我也無可奈何啊！」

如同預期，第三次也失敗了。

這次的舞臺，換到了我小學時參加的足球隊準備室，當時隊上有個明明長得很可愛，足球卻踢得非常好的女孩，而我喜歡的那位同班同學，正輕輕地閉上眼睛。

話說回來，為什麼我每次都會喜歡上我高攀不起的女孩啊？

彷彿就是因為沒有正視現實的選項，所以我才會一直沒有女人緣。

「艾爾……」

「是威爾啊……」

「那個……」

「不用再說了……」

第一次和肌肉導師的接吻，是最高級的心靈創傷。

和第二次在感覺到酒臭味前，就先感覺到老人臭的布蘭塔克先生相比，艾爾還算是好吧？

而且這傢伙的長相也還不錯。

不過在產生這種想法時，感覺在某方面就已經輸了。

艾爾似乎也在想著相同的事情，我不是叫你什麼都別說了嗎？

「然後呢，要挑戰第四次嗎？」

「我們已經進行了最低限度的挑戰。該回去了。」

布蘭塔克先生像是在說自己已經仁至義盡般，開始準備打道回府。

「可是，難道要就這樣放著那隻河馬不管嗎？」

「我說啊，就算想危害那東西也辦不到吧？」

倒不如說，我實在搞不懂為何要特地將河馬移動到保護區。

在那個幻術面前，應該什麼樣的盜獵者都拿牠沒辦法吧。

「實際上，今天早上監視員來觀察狀況時……」

如果只有一個盜獵者，那頂多只會抱著樹親，但如果有兩人以上，據說就算發生更誇張的事情也不稀奇。

無論對象是男是女。

「在進行保護任務時，也發生過許多起冒險者被捲入悲劇中的案件。」

大部分都是發現之後，已經進展到那種關係。

因此似乎有許多為了負起責任而不得不結婚的男女冒險者，或是就這樣覺醒為同性戀的人。

「絕對不能帶伊娜和露易絲過來。」

「沒錯。在下的外甥女艾莉絲更是不行！」

對教會人士而言，同性戀是與異端同等的罪名。

是既不具生產性又違反道義的行為。

一旦被發現，通常都會被施予嚴厲的懲罰。

「要是讓她看見威爾和導師接吻，應該會昏倒吧。」

「艾爾和布蘭塔克先生也是啊。」

雖然結果這項臨時任務以失敗告終，但因為是其他冒險者都拒絕承接的任務，所以我們也沒被處罰。

此外那隻造成問題的「桃色河馬小姐」似乎在卵孵化後，就自行帶著孩子移動到保護區了。

真的是完全白忙了一天。

「等回到家後，要不要請露易絲和伊娜幫我蓋掉不好的回憶呢？」

應該要早點忘掉在這個世界的初吻對象，居然是阿姆斯壯導師的這項事實。

「威爾是可以這樣做，那我呢？」

「自己想辦法努力吧。」

「……威爾將來應該會下地獄……」

雖然不曉得和我一樣遭受心靈創傷的艾爾之後怎麼了，但我後來偷偷請伊娜和露易絲幫我蓋掉了之前的吻。

然後，那也是讓我心想「即使無法再變回一宮信吾也無所謂」的一天。

第十五話　師傅增加了

「吶，露易絲的師傅是誰啊？」

「不曉得耶？我還沒聽說。威爾呢？」

「雖然不太想說，但我大概猜得到……」

「應該是那個人吧？」

暑假結束後，我原本預定將迎接新學期的未來產生了大幅的變化。

因為我在預備校已確定能畢業，且基於大人們的決定，直到成人前我都將留在王都進行鍛鍊。

不過我對這個決定並沒什麼怨言。

即使是學習相同的東西，教育內容也應該是在作為一國首都的王都較為充實，更重要的是這裡的基礎設施和娛樂的品質都很棒。

儘管我並不打算耽於玩樂，但在能休息時還是會想好好休息。

實際上，王都不但比布雷希柏格更有都會感，玩起來也比較有趣。

至於那個連像樣的娛樂都沒有的老家，更是連拿來比較都讓人覺得失禮。

這段期間的租屋也決定了，而且聽說房租還是由布雷希洛德藩侯幫忙出。

就在我想著「貴族之間互爭地盤也很辛苦呢」的幾天後，我和露易絲不知為何一起走向相同的地方。

艾爾是為了找近衛騎士團的瓦倫先生學習劍術，伊娜是為了向同一個近衛團的槍術達人學習槍術，所以兩人都進了城裡，但我和露易絲不知為何被叫去了位於其他場所的軍事設施。

我是魔法師，露易絲則是雖然也擁有魔力，但只能用在和魔鬥流有關係的招式上。

和我這種萬能型不同，露易絲被分類為某種特化型的魔法師，這種人其實有一定的人數。

只在一個系統魔法方面，擁有出類拔萃的才能的人。

艾莉絲就屬這種類型，因為她只能用以治癒魔法為中心的聖屬性魔法，也可以說是特化型。

此外還有只能將魔法用在製造魔法道具的人、只能使用讓生活更方便的生活類特殊魔法的人，以及只能使用「瞬間移動」和與遠方的魔法師「遠距離通訊」的魔法的人。

這個叫「遠距離通話」的魔法，雖然是屬於風系統的魔法，但會這招的魔法師將被軍方或商人以重金禮聘，是非常方便的魔法。

一旦成為專家，據說甚至能以同步的方式，將聲音傳到數千公里外的魔法師或通話專用的魔法道具那裡。

儘管我應該也能使用，但因為我從來沒用過，所以也不曉得詳情。

沒錯，原本過著孤獨生活的我，根本就沒有能進行「遠距離通話」的對象。

而且除非對方也會使用相同的通訊魔法，或是擁有通訊用的昂貴魔法道具，否則也無法讓通訊成立，因此我覺得以後也不會有嘗試的機會。

「我要和威爾一起特訓？」

「妳要學火炎魔法嗎？」

「不可能啦。」

事情就是這樣，我和露易絲沒理由在同一個地方進行鍛鍊。

使用魔鬥流的露易絲專精近身戰，從遠方放出魔法的我則是專精遠距離戰鬥。

所以現狀就是即使給我們相同的訓練清單，也只會讓人感到困擾。

「不好意思。我們是今天……」

「喔喔！來得好！」

一向設施的守衛表明來意後，我們馬上就被領了進去，接著我在某棟建築物的入口前面出聲詢問時，發現阿姆斯壯導師不知為何出現在那裡。

導師臉上掛著一如往常的熱血笑容，在等待著我們。

因為之前的心靈創傷，我一看見他的臉，便產生一股想掉頭就走的衝動，但最後還是忍了下來。

「啊，阿姆斯壯導師就是我和露易絲的老師嗎？」

「沒錯！在下因為太過期待，昨晚還睡不太著呢。」

儘管穿著將魔力物質化後形成的甲冑，能空手和龍互毆的阿姆斯壯導師，已經有一半以上脫離魔法師的常軌，面對他將成為我們老師的現實，我持續在腦中思考著該如何逃跑。

雖然對方或許很期待，但我這裡只有不好的預感。

倒不如說，因為我還能正常地從布蘭塔克先生身上學到不少東西。

所以絕對不是為了學習與龍互毆的方法才來到這裡。

話說，那也能算是魔法嗎？

不對，正因為是魔法，所以王國才會任命阿姆斯壯導師為王宮首席魔導師吧，可是即使如此，我還覺得有哪裡不對勁。

我不可能學得會那種東西……

等等，露易絲或許有機會學成。

從我的角度來看，由於我不清楚魔鬥流和阿姆斯壯導師的格鬥魔法有什麼差別，因此不如讓露易絲單獨與導師一起修行，還比較有效率。

我在心裡找到折衷點後，對身旁因初次見到肌肉王宮首席魔導師而啞口無言的露易絲說道：

「阿姆斯壯導師的戰鬥方式，對露易絲來說一定很有參考價值。我在這裡打擾你們不太好意思吧？」

「咦？只有我嗎？威爾應該也要和我一起修行吧！」

我曾經告訴過露易絲，阿姆斯壯導師利用魔法將魔力物質化成全罩式甲冑，利用高速的飛翔魔法自由自在地移動，全力毆打古雷德古蘭多，用拳頭撕裂吐息，最後還連續發射了好幾發高集束魔力彈持續為古雷德古蘭多帶來傷害的事情。

我原本還懷疑那裡面或許有些是魔鬥流的技巧，但露易絲篤定地說魔鬥流沒有那種招式。

「將魔力物質化？要是有那麼龐大的魔力，誰還要特地做魔鬥流的修行啊。高集束魔力彈也不是魔鬥流的技巧。直接用附加了魔力的拳腳攻擊才是魔鬥流的基本。魔鬥流是一種有效率地利用稀少的魔力，提升自己戰鬥能力的武藝。雖然我擁有初級到中級程度的魔力，但就是因為完全無法使用最關鍵的魔法，才會學習魔鬥流啊。」

阿姆斯壯導師的戰鬥方法擁有壓倒性的戰鬥力，不過由於魔力消耗得很激烈，因此似乎不適合長時間戰鬥。

然而阿姆斯壯導師在戰鬥完後依然很有精神，這證明了他的魔力異常的多。

不愧是自認為是師傅勁敵的人物。

缺點在於和瀟灑型的師傅相比，他給人的感覺有點太過熱血。

「不，我怎麼可能學格鬥技。我比較適合從遠距離利用魔法進行攻擊和支援吧。」

儘管只有基礎，但我從小就有在做劍術訓練，即使如此，在進入冒險者預備校就讀時，我依然從講師們那裡獲得了「完全沒有才能」的評價。

實際上，我在入學時的劍術成績就只有比平均略高而已，現在更是已經完全退步到從頭學起還比較快的程度。

鮑麥斯特家的基礎鍛鍊，只是讓我稍微晚一點被別人發現自己的劍術不好而已。

不過因為我被人說過在弓箭和飛刀方面的才能還不算差，所以這部分就有和魔法一起訓練。

「我的劍術完全不行。」

「就算不會用劍，還是有可能會用格鬥技吧！一起學習啦！」

露易絲不知為何拚命地想說服我，看來她也討厭單獨和這個熱血的王宮首席魔導師一起訓練。

至於為什麼我會知道，那是因為我也討厭！

「我還得進行魔法的訓練。而且我的魔力極限也還沒到。」

我還只有十二歲，所以每天都會按照師傅的吩咐，進行讓魔力循環與各種魔法的實踐訓練。

再來就是布蘭塔克先生要我進行的節約使用魔力的訓練，據說這是個即使訓練一輩子也無法完成的課題。

此外還有尚未使用過的魔法的實驗，提升會用的魔法的精度，以及為了留下來給後世參考，我以自己的方式記述魔法的日記。

只要我有那個意思，想變得多忙都有可能。

「什麼！明明已經擁有超越在下的魔力，居然還沒抵達成長的極限！」

「是的。所以我就……」

儘管我打算將露易絲推給導師後就自己回去，但事情似乎沒這麼容易。

導師不知為何流下感動的淚水，用力抓住我兩邊的肩膀。

肩膀要壞了！

骨頭要碎了！

應該說，這樣就逃不了了！

「既然如此，你就更應該和在下一起訓練了！再也沒什麼比在下的魔導機動甲冑更能有效率地進行魔力循環訓練了，只要習慣在高速飛翔和強化身體能力的狀態下戰鬥，就不需要像魔鬥流那樣高超的戰鬥直覺。在下也從來沒跟別人學過格鬥技。」

阿姆斯壯導師的說明合情合理，讓我錯失了逃跑的好機會。

話說回來，這個肌肉導師。

似乎只靠自己的肉體和魔法，就實現了那樣的強悍。

看在全世界的武術家眼裡，應該會覺得他是個很不得了的人物吧。

「艾弗烈和在下這種只會格鬥魔法的魔法師不同，是位能靈巧地使用多種魔法的天才，卻一點力氣也沒有。儘管他說自己沒有這方面才能，然而要是他當初有學會在下的魔導機動甲冑……」

或許就不會在那座位於南端的魔之森喪命了。

阿姆斯壯導師一臉寂寞地對我們如此說道。

「吶，威爾。」

「說的也是。連試都沒試過就認定自己辦不到也太操之過急了。」

反正我也做不到隱藏實力這種高明的事情，所以我覺得這次擊倒龍與和因此被敘勛也是沒辦法的事情。

不過既然已經因此變得引人注目，就不曉得我將來可能遇到什麼樣的麻煩。即使是擁有強大魔力的魔法師，也可能會被人出其不意地暗算，還是多準備一點在魔力變少後也能保護自己的手段比較好。

於是我決定向阿姆斯壯導師學習那與其說是魔法，不如說是魔法格鬥術的技巧。

「少年很有才能，一定馬上就能學會。」

「謝謝誇獎。不過，這樣好嗎？」

我唯一擔心的是，既然阿姆斯壯導師是王宮首席魔導師，難道平常「不會很忙嗎」？

雖然難以想像阿姆斯壯導師處理文件或是細心管理部下的身影，但既然是首席魔導師，應該無法避免這方面的工作。

我是這麼認為的。

「那方面的事情完全不需要擔心。除非被陛下傳喚，否則在下根本不需要進城。」

「咦？」

「請試著想想看。針對王國那些日常的工作，在下到底派得上什麼用場？從上次討伐古雷德古蘭多的行動就能明顯看得出來，基本上平常只要沒發生什麼事情，王宮首席魔導師就只是個裝飾品。」

陛下的護衛，只要交給近衛和幾名中級程度的王宮魔導師就夠了，另外只要再從那些中級魔法師中，找一位不像阿姆斯壯導師那麼討厭文書工作的人，當他的部下就沒問題了。

再來就是一些定期舉辦的官方活動，王宮首席魔導師也必須去露個臉才行。
「不過令人感激的是，陛下將在下視為從小認識的好友，因此有吩咐我必須定期去和他見面。」
原來如此，看來跟我分析的一樣，阿姆斯壯導師和外表不同，是為非常聰明的人物。
碰巧是陛下兒時玩伴的阿姆斯壯導師，在王宮被譽為五百年難得一見的天才。
明明只要他有心，想往上爬到哪裡都沒問題，但他只用自己擅長的魔法獲得現在的地位。
即使如此，對那些汲汲營營於權力鬥爭的貴族們來說，陛下中意的阿姆斯壯導師，仍舊是個眼中釘吧？
『艾弗烈應該比較適合擔任王宮首席魔導師吧？』
為了遠離那些會如此中傷人的貴族，阿姆斯壯導師特地將麻煩的工作都丟給部下處理，飾演一個只有在關鍵時刻派得上用場的愚蠢裝飾品。
另一方面，從小就以孤兒的身分在王都吃了不少苦的師傅，好像也是因為厭惡那些盤據在王宮內的傢伙才逃到南部去。
「而且這個訓練對在下也有幫助。」
「對阿姆斯壯導師有幫助。」
「沒錯。在下的魔力量尚未成長到極限……」
「咦——！」
明明現在就已經是個怪物了，但年近四十的阿姆斯壯導師的魔力，似乎仍在成長當中。

一般人的魔力通常在二十歲前就會成長到極限。

換句話說，阿姆斯壯導師在成長力方面，也是足以被歸為異類的魔法師。

「露易絲小姐的魔力，也還沒成長到極限。因此，我們今天就先來進行容量配合吧。」

結果那一天，就在我替露易絲、阿姆斯壯導師，以及被他帶來的十幾名實習魔法師進行容量配合後結束。

容量配合，是一種如果和自己配合的對象擁有超過自己魔力極限量的魔力，就能一次將自己的魔力量提升到極限的技術。

由於會知道自己的才能極限，因此也有人在知道後受到打擊，或是因為無法接受事實，而向幫自己進行容量配合的人口吐惡言的例子，所以其實這是只適合彼此信賴的人進行的儀式。

換句話說，就是類似師傅和弟子的關係。

這十幾名魔法師都是阿姆斯壯導師認同的弟子。由於外界流傳著只要盡可能找魔力量高的人幫自己進行容量配合，魔力就會比較容易上升的毫無根據的謠言，因此他才把想和我進行容量配合的人帶了過來。

當然，這種事情根本就是無稽之談。

此外還存在著另一種狀況。

以前有人對一個擁有魔法才能的嬰兒進行容量配合，讓那個嬰兒獲得了龐大的魔力。

之後那個小嬰兒每次哭的時候，都會用魔法把房間搞得亂七八糟，想喝奶時就會用魔法將母親拉過來，等開始學會走路後，甚至還用魔法搶走和自己一起玩的小孩子的玩具。

從此如果想進行容量配合，就必須先確保對方已經有一定程度的自我和理性，以及事先經過一定程度的魔法修行這兩個條件。

雖然感覺我是例外，但布蘭塔克先生提出「反正不管五歲還是六歲，艾弗都是因為認同了你才會與你進行容量配合，你又沒因為擁有過多魔力而感到棘手，所以應該沒問題吧？」的意見。

就我的情況而言，應該算是內在已經是大人的例外。

「這裡面所有人的魔力，全都一次就抵達了極限，不過即使量不多也不能感到悲傷。魔力量的確也很重要，但魔法能夠鍛鍊的部分還很多。倒不如說你們省下了用來讓魔力增大的漫長時間，已經能算是非常幸運。」

儘管不曉得阿姆斯壯導師是從哪裡把這些人帶來的，但他在讓因為和我進行容量配合而陷入魔力醉的人橫躺在地後，開始對他們如此說明。

不過從所有人最低也有中級程度的魔力量來看，他們應該是將來的王宮魔導師候補吧。

「可是為什麼阿姆斯壯導師不會陷入魔力醉呢。」

雖然沒那些人那麼嚴重，但露易絲似乎也覺得有點頭暈。

坐在我旁邊的她，成長的速度也非常驚人。

因為若只看魔力量，她已經上升到幾乎足以和中級到上級之間的魔法師匹敵的程度。

不愧是為了顧慮家人，而一直不進行魔力強化修行的人才。

可是目前仍無法確定露易絲是否能使用其他的魔法。

這算是未來的課題之一。

「這個，是因為和我一樣嗎？」

「呃……說不定呢？」

阿姆斯壯導師現在的魔力量，幾乎和我完全相同。

總而言之，我們的魔力都同樣還沒成長到極限。

話雖如此，也已經是師傅以前的一倍以上了。

這樣下去，或許師傅將變得不再是阿姆斯壯導師的勁敵也不一定。

「嗯，好久沒透過容量配合感受到魔力路和魔力袋被擴大的感覺了。真是舒暢……那麼，我們立刻來學使出魔導機動甲冑的方法吧。」

「還要修行啊！」

「那當然！」

阿姆斯壯導師太過有精神，讓我和露易絲忍不住氣力全失。

然後，我只祈禱未來最強魔法鬥士威德林的傳說能夠不要開始。

卷末附錄

「吶，有什麼事啊？」

「我想單獨和妳商量一件重要的事情。」

威德林的生日派對，預定將在布雷希洛德藩侯大人位於王都的宅第舉行。

至於邀請的賓客，光是大大小小的貴族和商人就有兩百名以上。

雖然我、艾爾、露易絲和艾莉絲也會參加，但主角還是以貴族和商人為主，我們只能算贈品。

布雷希洛德藩侯大人也難得要露面，因此布蘭塔克先生在派對之前，就已經嚴格挑選了出席者。

因為參加者包含了盧克納財務卿、霍恩海姆樞機主教、艾德格軍務卿，以及布魯克納農務卿等有頭有臉的人物，所以會給人一種如果自己沒參加就輸了的感覺。

再來就是……

「少年！生日快樂啊！」

最近大受世間關注、被威爾命名為「肌肉導師」的阿姆斯壯導師也有出席，他用力握住威爾的手，力道大到讓人擔心威爾的手會不會因此被握爛。

「以後我們也要一起努力，朝魔法師的頂點邁進啊！」

「導師！好痛！好痛！」

接著他又以彷彿要擊碎骨頭的力道，拍打著威爾的肩膀。

話說回來，威爾在之後似乎有偷偷對手掌和肩膀施展治癒魔法。

或許他的骨頭真的因此出現裂痕了也不一定。

即使如此，能和阿姆斯壯導師寒暄依然是好事。威爾也說過只要和他見面，就會感到放鬆。

其他的賓客不是拚命打招呼，就是使出禮物攻勢。

而且威爾還在布雷希洛德藩侯大人的帶領下，幾乎是面無表情地向許多貴族打招呼。對威爾來說，這應該是很痛苦的事情。

我們也和艾莉絲一起進行了不讓威爾被一群女性纏住的工作。

打從兩人第一次約會以來，她就經常跑來找威爾。

「兩位是露易絲小姐和伊娜小姐吧。請多指教。」

艾莉絲也笑著對我們打招呼。

看來她似乎願意認同我和露易絲。

既然她現在也和我們一起排除其他的女性，可見她已經承認我們是她的同伴。

如果對象是她，我們應該能夠相處融洽吧。

就這樣，只有威爾一個人很忙的生日派對總算平安結束。

然後因為艾莉絲認為這樣威爾實在太可憐了，於是在她的提議下，我們在約好下個星期要另外舉辦一場只有熟人參加的生日派對後，便就地解散了。

當天晚上。

露易絲來我的房間找我。

「我想跟妳商量的，是送威爾的真正生日禮物。」

威爾本人有說「因為是第二次派對，就不需要禮物了。光是你們願意替我慶祝就夠了」。

不過，大家似乎都還是有另外準備。

當然，我在今天的派對中也有送他禮物，不過那些貴族和大商人們隨便就送一堆昂貴的東西。我的禮物應該非常不起眼。

埃里希先生在離開老家後，每年都還是會送威爾禮物，威爾也每年都會回禮，這是我從他們本人那裡聽來的。

埃里希先生是下級官員，所以手頭應該不怎麼寬裕。

即使如此，他送給威爾的東西大多是設計得很有品味、能拿來當便服穿的毛衣，或是在王都找到的珍貴魔法書籍，雖然這些都不是高價品，但埃里希先生非常會挑禮物，威爾也說過「埃里希哥哥挑東西的品味，實在是好到讓人學不來呢」。

其他的人，應該也都有他們各自的想法。

「我們也必須想點讓人印象深刻的禮物。」

「可是如果太注重這點，到時候冷場就糟糕了。」

露易絲一定是在介意艾莉絲的事情。

這麼說來，手巧的艾莉絲似乎也會縫製男性的衣服。

她不只是料理，就連裁縫都很擅長。

露易絲甚至忍不住大喊「怎麼會有這種完美超人」。

儘管她在今天的生日派對中也送了威爾一份豪華的禮物，但那只是她的爺爺霍恩海姆樞機主教挑選的東西。

她應該會另外送威爾自己親手製作、包含了心意的禮物。

在詢問本人後，她回答「教會偶爾會舉辦慈善拍賣，我打算用在那裡買的東西來做衣服」。

她似乎原本就經常替孤兒院的孩子們做衣服，或是替他們縫補衣物。

該怎麼說，這讓人有種「教會果然不能小看」的感覺。

如果想成為一個好新娘，或許可以考慮去教會接受教育也不一定。

「然後，為了和應該會獲得高分的艾莉絲對抗……」

說著說著，露易絲拿出一本看起來非常舊的書。

從封面是皮革製的來看，這應該是做給少數愛好者的稀有書籍。

而從陳舊度來看，這本書可能也具備古董的價值。
不過露易絲到底是從哪裡弄來這麼昂貴的書本呢？
「妳是去哪裡買的？」
「我是借來的。從布雷希洛德藩侯大人那裡。」
她好像是在前陣子那場拘謹的生日派對後借來的。
「那是什麼書？」
「據說是能讓威爾對我們迷戀不已的書。」
話說回來，我以前曾聽父親提過，布雷希洛德藩侯大人唯一的興趣，就是收集貴重的古書。
這一定是他其中一本貴重的收藏。
雖然我還不太清楚這貴重的收藏，和讓威爾迷戀上我們有什麼關係。
「不過他不願意送我們，真是小氣。」
「這可能是貴重到無法再次得到手的東西喔？」
姑且不論價格問題，有些貴重的古書就連要找到都非常困難。
「那是什麼樣的書啊？」
說到這裡，我發現封面上寫著「女僕們的午後，野獸般的主人」。
我訂正一下。
這種書光用借的就很夠了。

「光看書名就讓人有種不祥的預感。」

「難得布雷希洛德藩侯大人願意借我們。伊娜也喜歡看書吧？」

雖然露易絲這麼說，但這和我喜歡的書在各方面應該都不太一樣。

我重新打起精神，試著閱讀裡面的內容。

話說布雷希洛德藩侯大人真的有讀過這本書嗎？

總覺得他在我心目中那冷靜的反省家的形象正逐漸崩壞。

不對，換個想法，或許就是因為累積了太多壓力，才必須看這種書消除壓力也不一定。

「呃……『我們是深愛主人的女僕搭檔。不過主人最近或許已經厭倦我們了也不一定』。」

儘管標題是那個樣子，但這開頭馬上就打破了我對內容的期待。

就連身為外行人的我，都覺得這文章很普通。

看來內容應該是王國偶爾會下達禁賣令，禁止兒童閱讀的小說。

文章中也用了許多漢字，這或許是這本書唯一高品質的部分。

「繼續看下去吧。」

「嗯……」

如果簡單節錄內容，大概就是兩位年輕的女僕為了不讓主人感到厭倦，而努力展現一些創意工夫的故事。

第一章　迷你裙女僕之卷
第二章　貓耳女僕之卷
第三章　男裝管家女僕之卷
第四章　取得人氣咖啡廳的女服務生裝吧！
第五章　最後的手段，夜晚的禮物大作戰

雖然後面還有其他章節，但因為覺得愈讀愈蠢，所以我決定暫時休息。

「看起來蠢到不行呢。」

「男人好像都喜歡這種東西。」

問題在於到底要參考這本書的哪個地方。

是要穿上裙子非常短的女僕裝，在身上裝貓耳耳飾和尾巴，女扮男裝，還是設法取得那間至今仍在王都營業的人氣咖啡廳的制服？

「伊娜，我覺得最後那個比較有效。」

「那不是最讓人難為情嗎？」

書上最後寫著，為了幫主人慶祝生日，女僕們裸體在身上纏了緞帶，對主人說「我們——就、是、禮、物」。

這在現實根本就是不可能出現的光景。

不過如果是大貴族，或許真的會做出這種事也不一定。

總覺得自己關於正常的判斷力變得愈來愈遲鈍。

「這正常人都會覺得難為情吧。倒不如說一旦做了這種事，在各方面就結束了……」

雖然只要能讓威爾高興就贏了，但他也可能因此傻眼。

「可是，這是布雷希洛德藩侯大人借給我們的書。」

「被妳這麼一說……」

既然對方是本家的當家，如果什麼都沒做，那也是個問題。

有一部分也是因為如果不這麼想，我一定會因為太過難為情而無法實行。

儘管我們願意做，不過布雷希洛德藩侯大人還真是交給了我們一本恐怖的書。

該不會是因為無法從族人當中挑選出婚約者，所以對我們的期待才莫名地大嗎？

「或是希望阿妮塔大人，能夠按照這本書裡面的去做？」

「停止！」

這麼說或許對本家很失禮，但如果年過四十的阿妮塔大人真的打扮成這本書裡的樣子去誘惑威爾，就算是威爾也會不曉得該如何反應吧。

或許會放棄當布雷希洛德藩侯家的附庸，跑去找埃里希先生哭訴也不一定。

「真沒辦法……」

真令人難過，我們畢竟是陪臣的女兒。無法反抗布雷希洛德藩侯大人的要求。

至於要對結果負起什麼樣的責任，就不是我們的問題了。

「緞帶的顏色，我用藍色，伊娜就用紅色吧。」

「是配合頭髮的顏色吧……」

坦白講，隨便怎樣都好。

即使如此，我們還是在商量過後的隔天買了緞帶，之後又花了幾天，仔細地討論和花時間進行準備。

執行日就選在只有熟人參加的生日派對當天。

「蛋糕和料理就由我來做吧。」

「我也來幫忙。」

艾莉絲明明是貴族的女兒，卻非常會做料理。為了不輸給她，我也必須要提升自己的廚藝。

然後，只由熟人們為威爾舉辦的生日派對開始了。

參加者有艾爾、我、露易絲、艾莉絲、布蘭塔克先生、阿姆斯壯導師、艾戴里歐先生、埃里希先生、保羅先生、赫爾穆特先生，以及埃里希先生的太太米莉安小姐，和布朗特夫婦。

雖然艾戴里歐先生也若無其事地參加了，但這或許就是被稱為宮廷商人的他，透過建構人脈的力量獲得的結果。

「蛋糕主要交給艾莉絲，料理主要交給我和伊娜。米莉安小姐和夫人，請你們同時幫忙兩邊。」

這裡說的「夫人」，是指盧德格爾先生的妻子，瑪莉詠小姐。

由於她無論老家或夫家都是騎士爵家，因此很習慣料理。

看來下級貴族家的女性，在各方面似乎都很辛苦。

「這樣就行了。」

「仔細想想，印象中我們幾乎根本沒做過蛋糕，所以這樣分配是最好的。」

以我的老家和露易絲老家的經濟力，實在無法做出那麼大塊又鋪滿奶油的蛋糕……

氣氛始終和樂融融的居家派對，最後以大成功告終。

等收拾完畢後，太陽已經下山，屋內也徹底變得寧靜。

時機成熟了。

終於到了執行計畫的時候。

「真虧我們有辦法潛入威爾的房間呢。」

別看威爾那樣，他能從相當遠的地方，探測到認識的人的魔力。

不過，他也不會一整天都在家裡使用「探測」，要是這麼做會很累。

只要靠武藝的基本——消除聲音和氣息的走路方式，應該就能勉強接近。

「魔鬥流奧義，消除氣息的妙技派上用場了。」

「走廊完全沒人。」

「伊娜。不可以說出來啦，我的奧義好不容易有機會登場。」
雖然感覺好像是在浪費貴重的奧義，但這麼一來，接下來只要潛入威爾的房間等他就好。
「沒什麼好難為情的。這是為了威爾，也是為了我自己。」
「不用特地想這種理由啦。這種事情就是要傻傻地又快樂地去做。」

『呼──啊！好睏。』
房間外面，傳來威爾的自言自語。
「終於要開始了。」
「加油吧。」
說到這裡，睡眼惺忪地揉著眼睛的威爾打開房間的門走了進來。
那麼，接下來就要開始戰鬥了。

「呃……」
威爾像是被這突然的狀況嚇了一跳。
由於全裸只會讓人掃興，因此要讓緞帶通過胸部和屁股的部位遮住那些地方，書裡不知為何寫了這些東西。
然後用緞帶在頭上綁的蝴蝶結，似乎是用來方便威爾了解我們就是禮物。

書上也說這麼做最好。

雖然不曉得為什麼這樣最好……但接下來，真的只能硬著頭皮上了。

要是在這時候不小心感到害羞，之後只會覺得更丟臉，那本無聊的書連這種東西都寫了。

不如說就是要解放自己，才能獲得未來的勝利。

已經無法回頭了！

「「我們——就、是、禮、物！」」

我們兩人同時說出臺詞，並將研究過後的姿勢展現給威爾看。

無論平常的威爾再怎麼自重，只有偶爾會親一下我們……或是就算威爾會為了不被人發現他的視線方向，做出瞬間偷瞄艾莉絲的胸部這種無意義的行動……他一定都無法抵抗這個裸體緞帶的雙前鋒攻擊。

雖然參考的書籍有許多問題，但這畢竟是借我們書的布雷希洛德藩侯大人的要求。

來吧，你要怎麼反應？

該不會……

我和露易絲一起等待威爾的反應。

接著威爾突然抱住了我。

這出乎意料的結局，似乎讓露易絲也嚇了一跳。

「威、威！威爾！」

「嗯，我知道。我都知道。」

雖然不曉得他到底知道什麼，但威爾又接著說道：

「妳是被露易絲唆使的對吧。伊娜根本不可能自己做出這種事。」

「咦，我給人的印象是這樣嗎？」

看來露易絲似乎對威爾的教唆發言有所不滿。

「那個，威爾？」

「坦白講，我非常興奮。不過，就算不做這種事情，我也非常清楚伊娜的魅力。」

「我說啊……」

「我給人的印象……」

因為被懷疑教唆別人，露易絲已經陷入半發呆的狀態。

該怎麼說，像這種時候，特別容易受到平常言行的影響。

我學到了無關緊要的一課。

實際上，露易絲確實是主犯沒錯。

然後，威爾對我的印象，果然是個冷靜又認真的女性。

再來就是，威爾對那樣的我抱持著好感。

雖然這和戀愛關係似乎有點不同，但或許我們能成為一對好夫妻也不一定。

「最近我總是受到那些大人物擺布。等我成人之後，也會和伊娜跟露易絲結婚。不過，你們不需要現在就勉強自己。」

說完後，威爾將自己身上穿的襯衫和床上的毯子披到我們身上，就這樣直接走出房間。

只剩下我們兩個被留在房間裡。

冷靜下來後，我突然覺得這身裸體搭配緞帶的打扮非常令人難為情。

布雷希洛德藩侯大人，讓我們做這種事情對您到底有什麼好處？

該不會我以前其實一直都高估了布雷希洛德藩侯大人。

隨著腦袋變得愈冷靜，就愈無法不去想這些多餘的事情。

「吶，這樣算是成功嗎？」

「既然聽見了類似求婚的發言，應該算是成功了吧。」

或許人真的應該偶爾做些不符合自己風格的事情。

再來就是雖然威爾總是說自己沒有女人緣，但能知道他意外地也有帥氣的一面，我覺得也算是不錯的收穫。

卷末附錄的附錄

「那兩個人，居然用這麼恐怖的手段誘惑我……」

面對出乎意料的裸體緞帶搭配禮物發言攻勢，我光是為了不輸給誘惑逃離現場，就用盡了全力。

我最近還得面對艾莉絲那對不像話的胸部的誘惑，真希望她們能放我一馬。

（就算要出手，也要等到成人之後！）

感覺到威德林的內在似乎正如此對我主張，我決定聽從他的意見，繼續堅持下去。

因為一宮信吾在日本是個極為普通的小市民。

之前同一間公司的人因為這方面的輕犯罪被捕時，這樣的想法已經深深刻在我的本能裡面。

對前世的歐美國家來說，接吻就跟打招呼差不多。

因此在這個世界，接吻只能算是打招呼的延長，這是我擅自定下的規則。

（對不起，我是騙人的。我只是想跟非常可愛的女孩子接吻。）

雖然我不曉得自己到底是在對誰找藉口，但之前因為那隻奇怪的河馬，害我跟包含肌肉導師在內的三位男性接過吻後，我就決定不去在意這種事了。連同在這個世界的初吻對象，是導師這項事實。

「不過一成年就有三個老婆啊。這就是所謂的人生勝利組嗎？」

我一面在心裡想著希望自己能快點成人，一面發誓成人後一定不要再壓抑自己。

國家圖書館出版品預行編目資料

八男?別鬧了! / Y.A作 ; 李文軒譯. -- 初版. -- 臺北市 : 臺灣角川, 2015.05-
冊 ; 公分
譯自 : 八男って、それはないでしょう!
ISBN 978-986-366-508-3(第1冊 : 平裝). --
ISBN 978-986-366-758-2(第2冊 : 平裝). --
ISBN 978-986-366-759-9(第3冊 : 平裝)
861.57 104005309

Kadokawa
Fantastic
Novels

八男？別鬧了！ 2

（原著名：八男って、それはないでしょう！2）

2016年1月13日 初版第1刷發行
2020年4月20日 初版第3刷發行

作者：Y・A
插畫：藤ちょこ
譯者：李文軒

發行人：岩崎剛人
總經理：楊淑媄
資深總監：許嘉鴻
總編輯：蔡佩芬
編輯：黎夢萍
美術設計：黃永漢
印務：李明修（主任）、張加恩（主任）、張凱棋

發行所：台灣角川股份有限公司
地址：105台北市光復北路11巷44號5樓
電話：（02）2747-2433
傳真：（02）2747-2558
網址：http://www.kadokawa.com.tw
劃撥帳戶：台灣角川股份有限公司
劃撥帳號：19487412
法律顧問：有澤法律事務所
製版：巨茂科技印刷有限公司
ISBN：978-986-366-758-2